KB118451

제 눈으로 제 등을 볼 순 없지만
정채원 시집

문학동네시인선 126 정채원

제 눈으로 제 등을 볼 순 없지만

시인의 말

안 보이는 걸 보려고,
가뭇없이 사라지는 걸 말하려고,
도망치듯
여기까지 왔다

시를 통해 눈 하나 더 찾게 될까

그럴 수 있다면
아프고도 황홀한 계단을
끝없이 굴러떨어져도 좋겠다

2019년 8월
정채원

차례

2부 기도는 종종 막힌다

1부
먹물인가 핏물인가

끝없는 계단

영문도 모르고 반짝이던 유리 날개들
내 귓불에 매달린 나비 귀걸이와
물빛 노트를 쥐여주고
그가 손을 흔들며 돌아섰을 때
계단을 내려가기 시작했을 때

나도 난간에 기대 손을 흔들었지

그가 계단을 다 내려가
문을 열며
마지막으로 다시 한번
나를 올려다보며 손을 흔들었을 때

웃으며 한 발 내디뎠지
나는 구르기 시작했지

문은 반쯤 열린 채
닫히지 못하고 있지
그는 구르는 나를 올려다보고 있지

지금도 구르고 있지
여긴 어디쯤인가
나는 어디로 가는 것인가

아직도 그는 나를 바라보고 있지
반쯤 닫힌 문 앞에서
문고리를 잡고
내게서 눈을 떼지 못하고 있지

언제쯤 나는 바닥에 닿을 수 있나
언제쯤 어혈을 풀 수 있나 나는
언제쯤 나를 다 쓸 수 있나

밥을 먹을 때도
동사무소에 갈 때도
잠을 잘 때도
나는 끝없이 계단을 구르고 있지
그가 눈을 떼지 못하고 있지
문을 닫지 못하고 있지

파타 모르가나*

여름에는 내 피로 너를 만들었고
겨울에는 뼛가루로 너를 만들었다

아니,
여름에는 얼음으로 너를 만들었고
겨울에는 모래로, 모래바람으로 너를
만들었다, 되도록 빨리 지워지는 너를

길 잃은 사막에서 쓰러지기 직전 나타나는
신기루 속의 신기루
달려가 잡으면 가시풀 한줌으로 흩어지는
너를 알면서도
그런 줄 알기에 더 놓지 못했다

철창에 갇혀 온종일 커피 열매만 먹는 사향고양이는
오늘도 피똥 아니, 커피똥을 싼다
수도 없이 창자벽에 제 머리를 박으며
캄캄한 내장 속에서 발효된 내 편지는
차가운 혀를 사로잡을 만큼 중의적일까

하늘에 뜨는 태양과
바다에 뜨는 태양이 서로 마주보며
너, 가짜지?

얼굴을 붉히는 동안

한 걸음 다가가면 두 걸음 뒤로 물러나다
내장을 거칠 겨를도 없이
해가 지면 모든 게 지워지고
주름진 백지만 남게 되더라도

북극 얼음 바다 위에 떠 있는 마법의 성을 향해
구절양장을 건너가는 우리에게
거짓말이야, 거짓말이야
오늘은 얼음을 뚫고 뜨거운 커피가 솟구칠지도 모르지

* Fata Morgana : 마녀 모르간 또는 신기루라는 뜻.

사해, 사해

사막엔 모래만 있는 게 아니다
삭망을 아는 달도 있다

너와 나 사이
타는 모래만 채워져 있는 게 아니다
영하의 밤도 있다

달려오던 전갈은 모래 속으로
재빨리 기호를 숨기고

너도 무엇이 두려운 거니?
무엇을 기다리는 거니? 고도가 되어
사해야 할 그 무엇이 있어
사함 받아야 할 그 무엇이 있어

핑크색 뿔방울뱀 사이드와인더*는
고리처럼 구부린 전신을 모래 위로 내던지며 간다
재빨리 먹잇감에 독니를 꽂는 냉혈은
달빛을 흡혈하는 야행성이다

사막에 던진 신의 물음표
우리는 사해로 전진한다

살아 움직이는 끔찍한 부호를
달빛 모래 바다에 던진 까닭을 묻고 싶다

* Sidewinder : 교묘하게 구부린 몸을 옆으로 던지며 이동하는 모
습 때문에 붙여진 이름. 뜨거운 모래 위에서 이동하기에 유리하다.

배달 사고

아무도 문을 열지 않는다
벨을 한번 더 누르는 대신
작은 상자를 두고 떠난다, 택배 기사는
8동과 9동 사이로

꿀항아리를 주문한 8동 403호
주인은 상자를 열고 한 숟가락 퍼먹는다
내가 입이 쓴가, 입맛이 변했나
꿀맛이 왜 이리 쓸쓸할까, 쓸쓸한
해골바가지를 퍼먹으며 한없이 빠져든다
무슨 꿀맛이 이리 바닥이 없나, 캄캄하게 달고 깊은가

사후세계를 주문한 9동 403호
주인도 상자를 열고 한 숟가락 퍼먹는다
말기암이라 입맛도 길을 잃었나
안경을 쓰고 퍼먹어도 역시 달콤하다
이정표를 꼭 들여다볼 필요는 없다
보지 않아도 묻지 않아도 갈 수 있는 길이 있다
퍼먹어도 퍼먹어도 꿀맛인 세계
죽어서도 수저를 놓을 수 없는 세계

너는 다른 세계로 잘못 배달된 것인가
나는 나를 잘못 찾아온 것인가

잘못 든 길이 끝내 발목을 놓아주지 않는다

오늘도 택배 기사는 벨을 누른다
아무도 문을 열지 않는다
말없이 상자를 두고 떠난다
상자가 바뀌거나 주인이 죽거나

상자가 죽거나 주인이 바뀌거나
오늘의 배달은 무사히 끝났다

제8병동
─복숭아나무 아래

붉은 옷을 입고 누워 있다
복숭아나무 아래

나 어릴 때 당사주를 보신 엄마는
누워 있는 나를 보고 섬뜩하셨다지
그림 속에 누우면 죽는다 했는데
일찍 죽는다 했는데

누워 있어도
붉은 옷을 입었으니
죽는 건 아니라 했다지
늘 어딘가 아플 뿐

오른쪽으로 누우면 왼쪽 옆구리가 시리고
바로 누우면 가슴이 막막해
잠 못 들고 뒤척일 때마다
꽃들은 다투어 피어나고

칼은 복숭아나무 가지를 자르고
나를 스쳐지나가고
비 오듯 쏟아지는 꽃잎 아래

누군가 복숭아나무 곁을 지나며 말하지

잎새가 옹얼거린다고
가지가 자꾸 앓는다고
이따금 노래 소리로 들린다고
천 년 전 강가에서 들었던 그 비파 소리라고

한평생 도망쳐도 빠져나올 수 없는 그림 속에서
꽃 없는 엄동에만 나무 곁을 지나는 사람
비 온 뒤 떨어진 꽃잎만을 밟고 가는 사람
단물 흐르는 복숭아를 바구니 가득 따 담는 사람
각기 다른 자기만의 그림 속에서

나는 오늘도 바래진 붉은 옷을 입고
신음하며 누워 있다
해마다 천도가 주렁주렁 익어가는 나무 아래

제8병동
—옥화(玉花)

그게 무슨 주사요?
몇 CC요?
전직 약사였다는 구십오 세 김옥화 할머니는
주사 맞을 때마다 습관처럼 캐묻는다

불운의 성분과 용량에 대한 지식이
통증과 반비례하는 건 아니다
길을 훤히 알면서도
피하지 못한 웅덩이가 있다
밤비는 오래지 않아 그치겠지만

어서 가자구요
쭈욱 가자구요
나 좀 풀어줘, 여보세요
나 좀 살려줘요

자꾸만 주삿바늘을 빼다 두 손이 묶인
옆 병상의 옥화(玉花)
틀니까지 다 빼버린 쭈글쭈글한 꽃

물 한 모금만 줘요
불 좀 켜줘요
창문 좀 열어봐요

진정제를 맞고서도
옆 병상의 환자들을 다 깨우고서도
좀체 멈추지 않는 웅얼거림
부러진 고관절이 아물기도 전에

집으로 가자구요
어서 가자구요

도굴꾼들

암중에서도 죽어라
당신만을 모색하였다

무덤 속에서
앙상한 손목뼈를 밟아
으스러뜨리기도 하면서
오늘도 왕가의 계곡을 헤맨다
영영 잊혀졌을지도 모르는

트로이에서 찾아낸 금은보화 장신구들을
사업가 슐리만은 제 연인의 목에 걸어주었다지만

나는 당신을 도굴해서
내 무덤에 넣어야겠다

누군가 나를 도굴해주겠지
천 년 후의 서늘한 햇빛 속에 꺼내주겠지

누에의 무덤 칠천 기를 잇대어
명주솜 이불 한 채를 지은 당신은
깨어나기 힘든 꿈이라서
깨어나기 겁나는 꿈이라서

앞이 안 보이는 무덤 속에서
이따금 손발이 맞는 도굴꾼을 만나기도 하지만
새끼손가락 뼈 한 마디를 만나도 나는
당신만을 모색하였다

달아나는 자화상

그림 속 그를 볼 때마다
그가 살을 조금만 뺐으면 했다
그의 턱선이 더 서늘하기를
눈그늘에 고인 지루한 먹구름이 흩어지기를

그가 좀더 자주 웃기를
그의 이마가 막 녹기 시작하는 얼음처럼 빛나기를
그가 나를 무심히 지나쳐
액자 너머를 응시하기를

내가 사랑한 건
그림 속의 그인지
나를 사랑한 건
그림 밖의 그인지

알 수 없다
나를 유리창처럼 지나쳐
허공 너머로 들어간 그가 그인지
깨지지 않는 그 안에서 뱅뱅 맴도는 내가 그인지

평범한 그 안에서
비범한 그를 포착하는 순간
그는 그림 속에도

그림 밖에도 이미 없다

이곳에서 오래가는 것은 없다

없는 그를 잡으러 뛰어가는 내가
오래 버려진 폐가 마당에서 울고 있는 새처럼
먼지 잔뜩 낀 액자 속
바람 속에 갇혀 있다

슬픈 숙주

신호등이 푸른색으로 바뀌는 것
꿰맨 무릎에 새살이 돋는 것
월급날이 돌아오는 것
이런 것들을 기다리는 게 힘들어졌다

그 밤 강가의 꽃을 꺾다 발을 헛디딘 후
한참을 떠내려가다 간신히 집으로 돌아온 후

폭포 위로 외계인이 착륙하는 날
꼬리뼈에 꼬리가 다시 자라나는 날
태양이 지구를 도는 날
이런 날들을 기다린다

부두교의 사제가 밀짚 인형을 바늘로 찌르는 동안
뼈 없는 닭발 같은 날들이
나를 쓰다듬고 지나가는 동안

무럭무럭 자라난 꽃대
내 심장을 뚫고
불쑥 솟아난
팔다리, 내 것이 아닌
내 것이 아닌 것도 아닌

허우적거리는 붉은 혀
펄럭이는 침묵들 사이

너와 나의 체온조절법

내 피를 얼려 만든 네가
나를 보자 반갑게 손을 내민다
검붉은 눈과 코와 이마
입을 벌릴 때마다 하얀 안개가 피어오른다

말과 말을 포개면
핏물이 홍건하고
포옹을 풀고 나면
셔츠는 피로 얼룩지겠지

뭉툭해지는 너의 얼굴 옆선을 더 깎아
칼날을 세운다
이마에서 흐르는 피땀은
저녁놀을 반사하지 않고
잠잠히 저물어갈 뿐

예고 없이 플러그가 뽑히는 날
함께 먹다 쏟은 팥빙수 한 그릇처럼
검붉게 바닥으로 스미고야 말겠지만

처음엔 불로
나중엔 얼음으로
망할지라도

늘 일정한 거리
일정한 온도로 얼어붙은 채
서로를 바라보기만 할 것
한동안 잡고 놓지 못하던 손,
손등만 남았다

피, 피아노

몸속에서 바늘 네 개가 발견된, 생후 오십 일 된 여아가
병원에서 치료받고 있다. 바늘 한 개를 꺼내고
두번째 수술을 앞두고 있다.
—중국 징화스바오(京華時報) 2013.8.23

건반을 눌렀는데 악보도 펼치지 않고 무심히 눌렀는데 어
느 틈에 수백의 해머가 현을 때리고

몸속의 해머들이 핏줄을 때리듯 절벽으로 핏줄이 이어진
듯 나를 미는 듯

몸속에는 몇 개의 바늘이 있는가

어디서 언제 생겨난 건지 모를 바늘들이
늑골 사이를 지나간다
몇 달씩 해가 뜨지 않는
캄캄한 동굴 속에서
피가 출렁인다, 현이 진동한다

부드럽게, 세게
천 번을 두드려도
변함없는 소리의 높낮이를 지키는

당신의 가슴엔 눈이 없다
오랜 시간 동안 천천히 건조시킨 가문비나무처럼
단단하고 잘 휘지 않는 당신은 나와 무관하고

바늘을 핏속에 녹이는 밤, 바늘을 피로 만드는 밤
어떤 해머도 핏줄을 때리지 못하는
침묵 속, 한 덩이 어둠이 되어버린 짐승의
차가운 심장을 나는 천천히 어루만진다

고통이 비싼 이유

―소더비 경매장에서 400억원을 호가했다는 뭉크의 〈흡혈귀〉,
　　　　　　　　　　원제는 〈사랑과 고통〉이었다

불타는 듯 피 흘리는 듯
여자의 붉고 긴 머리칼은 두 사람의 상반신을 덮고 있다
남자는 여자의 가슴에 얼굴을 묻고
여자는 남자의 목덜미에 입술을 대고 있다

칼날 같은 달이
눈감은 얼굴 위로
떠오르는 밤

오르골의 인형은
밤새 유리 발목으로 서 있다
태엽을 심장 쪽으로 힘껏 감으면
잔잔한 고통이 흘러나오고

토슈즈 안에 갇힌 채
뒤틀리고 짓무른 발가락으로
연습생 발레리나처럼 또 하루 빙글빙글
세상 근처를 배회할 수 있다는 듯

단단히 밀착된 채 아득히 먼
두 몸은
흡혈중이다

더이상 울지 않는
망가진 오르골이 될 때까지
서로의 태엽을 감아주는 밤

스틸

지금 막 입술을 빠져나온
동그라미 담배 연기처럼
뜨거운 목구멍 문양으로
쓰라린 목젖 문양으로

흩어지는 연기를
한 코 한 코 엮어
태피스트리를 짠 사람이 있다

호시탐탐 달아나는 바람의 코를 꿰어
벽에 걸어놓고야 말겠다고

핏빛 노을 번져드는 사막에
웅크리고 앉아 컵라면을 먹던 사람
그가 놓친 건 무엇이었을까

셀 수 없는 정지화면이
모여 한 생애가 되고

한 번 멈춰두고 영원히 잊어버린
영화의 한 컷처럼 나는
지직거린다

한 코만 놓치면
주르륵 풀어져버리는
마음은 뭉게뭉게 피어오르고

자막 없는 꿈

　내 꿈에는 자막이 없다. 등장인물들이 코를 맞대고도 서로 알아듣지 못한다. 그들이 오른쪽을 말할 때 내가 왼쪽으로 등장하면, 어떤 이는 눈을 심하게 깜빡거리다가 눈물을 흘리기도 한다. 내가 동그라미를 던질 때 어떤 이 입에서 세모가 튀어나오면 나는 뚜껑이 열리기도 한다. 나는 가슴을 치다못해 내 가슴을 부드득 찢고 속엣것들을 와르르 쏟아놓은 적도 있다. 그들은 그 색색의 블록들을 하나씩 찬찬히 만져보았다. 빨간 것은 빨강이라고 노란 것은 노랑이라고 깨어진 것은 한 귀퉁이가 떨어져나갔다고 말했을 뿐, 그것들이 합쳐져 몇 겹의 표정을 만드는지 읽지 못했다.

　어떤 이는 나를 잡고 흔들어대기도 했고, 어떤 이는 내 안으로 자신의 가슴을 통째로 집어넣으려는 듯 나를 힘껏 껴안기도 했다. 한 가슴에 다른 가슴을 포개는 일, 아예 집어넣으려는 일, 그러면 한동안 가슴이 달아올랐을 뿐, 몇 발짝 떨어지면 다시 혼자라는 온도로 돌아가는 일. 체온은 쉽게 변하는 게 아니었다. 항온동물인 우리는 잠시 고열 감기를 앓듯 열꽃을 피우기도 하지만, 입술이 부르트기도 하지만, 그것도 그리 오래가진 않는 증세.

　독감마다 다른 바이러스가 침투하듯 꿈마다 다른 내용이 다른 연출로 상영되는 일. 한 번밖에 없는 꿈에 매번 처음으로 감염되는 일. 꿈속에서 밤새 우느라 한숨도 못 잤다고 하

는 이도 실은 몇 번 뒤척이는 몸부림이었을 뿐. 평생이 후딱
지나간 스크린 위로 자지러지는 자명종 소리. 꿈속의 꿈에
서 또다른 꿈으로 눈 비비며 깨어나는 우리들은 오늘도 절
찬 상영중, 종영 임박!

파라다이스 리조트

찌그러진 복숭아 캔은
아직 버려지진 않았다
이따금 꺼내보는 불면의 밤
냉장고 안에 숨겨놓은 얼굴은
유효기간 따윈 무관한 표정으로

천도의 날을 신봉하며 여기까지
야간 운전을 강행했지만
태양이 사라져도 8분 후에나 알 수 있다는 기계들
운명의 날은 피하지 않는 자에겐 오히려 더디게 찾아온
다고

다 식은 캔커피를 훌쩍거리며
비상구와 회전문 쪽을 자꾸 힐끔거렸지
처음부터 뜨거웠던 적 없는 깡통을 들고
어느 날 갑자기 식은 걸 깨달았다는 듯이

어디로든 뛰쳐나가고 보자
절룩거리면서도 빠른 템포로 춤을 추며
벽을 부술 때마다 벽이 태어났지
천국의 뜻은 어디에도 없는 곳이라지만
둥글고 뾰족한 뚜껑이 열리면 누구든 손을 베이지

빗길에도 마른 눈으로
리조트를 찾아가는 붉은 어둠 속
와이퍼는 쉬지 않고 긍정과 부정 사이를 오간다
차창에 달라붙는 밤의 젖은 머리카락들
바다가 보이는 방이 있느냐고
음료수 캔을 삼킨 바다표범을 보았냐고
굳어가는 시멘트에 발목이 빠진 새도
바닷빛 목청으로 울 수 있느냐고

바다에도 없는 바다
밤새 달아나는 귓속을 철썩이는

압축 보관

너를 가두어야 해 잠금장치가 이중으로 단단한 압축팩이
필요해 미세먼지도 악몽도 후회까지도 막을 수 있는 특수
팩이 필요해 내 안의 서랍에 납작하게 쟁여 넣어야지 버리
려 해도 내쫓으려 해도 지울 수 없는 나, 몇십 년 묵어 유행
도 지난 나를 곰팡이 끼지 않도록 진공상태로 보관해야 해
긴 울음 끝, 그녀에게 찰싹 붙어 떨어져나가지 않는 딸꾹질
도 차곡차곡 접어넣어야지 저잣거리를 헤매던 슬픔들을 혼
자 있는 밤이면 내 안으로 불러모으듯이

고흐의 가면을 쓰고 압생트를 마시며 친구가 제 코를 베
어갔다고 소리치던 K도 죽었다 K가 P의 애인이었나 묻던 Y
도 죽었다 K가 두고 간 가면에 구멍을 뚫고 그 위에 카프카
의 가면을 덧씌우던 P도 죽었다 곁에서 그 모습을 보고 붉
으락푸르락하던 S도 죽었다 S를 말리던 J도 죽었다 울던 사
람도 죽었고 눈 흘기던 사람도 죽었고 웃던 사람도 죽었고
하품하던 사람도 죽었다 아이스크림을 먹던 사람도 죽었고
자전거를 타던 사람도 죽었다 다 죽었다

십 년이 가도 백 년이 가도 압축 보관된 사람만 죽지 못
했다 진공상태로 납작하게 구겨진 채 남아 있다 죽은 사람
속에서도 이따금 꿈틀거린다 언젠가 누가 나를 풀어주겠지
풍선처럼 빵빵하게 살려내겠지 다시 커피를 마시며 너를 씹
으며 조각난 표정을 꿰맬 수 있겠지 역장이 깜빡 조는 사이

잠금장치가 풀린 환생역 9번 출구로 나가면

불구

쉽게 답할 수 없는
질문을 자꾸 던진다

먹물인가 핏물인가

작살을 맞을수록 더 깊이 숨어드는 대왕문어를 향해
바위틈으로 맨손을 들이민다

잡고 놓지 않는 문······

잡고 놓아주지 않는 질문

(손목을 내 손으로 자를 것인가)

절룩거리던 어둠이 나를 빠져나와 잠잠해진다

팔다리를 잘라 걸작이 된
토르소처럼

2부

기도는 종종 막힌다

지루한 미트볼

누구세요? 한입 베어물던 미트볼을 찬찬히 들여다본다.

당신이 사랑하는 미트볼 속에는 고기도 양파도 당근도 들어 있지요. 그림자도 태풍도 슬픔도 들어 있지요. 그리고 지난밤 당신이 꿈속에서 만난 그 바보도 들어 있답니다. 입이 찢어져라 하품을 하던 그 바보 말입니다. 동대문이 어느 쪽이냐 묻던 당신께 대답 대신 하품만 하던 그 바보 말입니다. 그를 지켜보던 당신까지도 하품을 늘어지게 하고 말았다는 게 더욱 견딜 수 없던 당신.

그제는 고기맛, 어제는 먼지맛, 또 오늘은 죽음맛인 미트볼, 너는 대체 누구니?

지난밤 꿈속에서 바보가 말했지. 나는 지루해. 하품을 멈출 수 없어. 나만 보면 하품까지 따라 하는 사람들, 허공처럼 지루해. 매일 먹는 미트볼도 지루해. 다음 미트볼 요리는 불쾌한 골짜기(uncanny valley)에 사는 로봇에게 맡겨야겠어. 때로는 당신 같고 때로는 나 같은 그들, 늘 지루한 그들, 바보 같은 그들, 서로 너무 닮아 가짜가 진짜이고 진짜가 가짜인 그들에게 말이지.

오늘도 나는 미트볼을 한입 베어물다가 가장 지루한 미트볼에 주석을 달지. 오, 미트랄랄라!

무와 고등어조림

무를 썰었다
껍질을 까고 또 까면 결국
아무것도 남지 않는
양파도 썰었다
고춧가루를 듬뿍 넣고
고등어조림을 만들었다

고등어조림을 다 먹었다
붉게 물든
뱃속도 무도 고등어도 어느 하나
세상에 변하지 않는 건 무,
무는 이제 보이지 않는다
변덕스러운 거름이 될 것이다

보이지 않는 무는
보이는 무를 밭에서 키울 것이다
보이지 않는 고등어도
바다에 나가
보이는 고등어를 잡아올 것이다

보이지 않는 나를 본다
보이는 나를
먹여 살리는

닫히면 그만인 문

> 나는 죽음이 또다른 삶으로 인도한다고 믿고 싶지는 않다.
> 그것은 닫히면 그만인 문이다.
> ─알베르 카뮈

십 년간 부은 적금을 타고, 세 배로 뛴 주식을 어깨에서 팔고, 은행 융자를 낀 22평형 아파트 잔금을 치르고, 내일부터 칠과 도배를 주문해놓고 귀가중, K는 교통사고를 당했다.

생후 십오 일 된 S는 선천성 심장판막증.

구십이 넘은 노모는 천식이 있어도 잘 견뎌왔는데 메르스를 이기진 못했다.

T는 삼수 끝에 S대에 합격했다. 재수 시절 술도 배우지 못한 그는 신입생 환영회에서 기도가 막혀버렸다.

기도는 종종 막힌다. 기도가 모자라기 때문이다. 화살기도로는 뚫지 못한다. 아무런 응답이 없다. 한 번 꽝 닫히면 그만인 문이다. 다신 열리지 않는다. 그만?

신호

한쪽 눈이 말을 안 들어 깜빡, 오른쪽 귀가 못을 씹었어 깜빡, 내 이름이 생각이 안 나 깜빡, 너를 찾아가는 길을 잊었어 깜빡, 두개골을 씻을 수 없어 깜빡, 자꾸만 흘려 깜빡, 자꾸만 떨어뜨려 너를 깜빡, 끓어오르며 타오르며 깜빡, 사과술 냄새를 풍기며 비틀거리며 깜빡, 익어가며 썩어가며 깜빡, 칼을 씹었어 깜빡, 삼키지도 못해 깜빡, 입술 사이로 가슴 위로 흘러내려 깜빡, 가슴을 씻을 수 없어 깜빡, 적셔 나를 적셔 깜빡, 푹 잠겨버렸어 깜빡, 숨이 뻣뻣해져 깜빡, 너를 부러뜨리지도 못해 깜빡, 왼쪽으로 꺾지도 못해 깜빡,

신호등 없는 교차로에서
신호위반하는 사람들
정지하지 못해 유턴도 못해
제 가슴에 제 머리를 박고
효수된 얼굴들 빨간불처럼 매달고
깜빡, 깜빡, 깜빡,

방진막

코발트블루 하늘에 뭉게구름 두둥실 그려넣은
막후엔 먼지가 풀풀 날리고
망치질 소리, 깨지는 소리
집 앞에 낙석주의 플래카드라도 걸어야겠다

구불구불한 유년을 기어오르던 계단
밤과 낮을 함께 파먹던 벌레들과 곰팡이 얼룩들
장막 뒤에서 젖은 손을 길게 뻗어
외등을 켜고 끄던
한 시절을 허물고 새집을 짓는 일
마름모꼴 창을 새로 내고 깃털 무늬 벽지를 덧바르는 일

옛집은 철거해도 사라지지 않는다
새집을 깔고 앉은 마녀가 한밤중에도
바람 분다고, 그때처럼 눈 온다고
그 저녁을 불러오라고, 죽은 엄마를 데려오라고
쉿소리를 낸다 어깨를 잡고 흔들어댄다

막후엔 뭉쳐진 먼지 덩어리가 돌멩이처럼 굴러다니고
기침 소리, 무, 물 좀 줘
아무래도 이 밤을 못 넘기겠어
신음 소리가 망치질을 시작한다
나를 철거하고 새로 지어야겠다고

쉬오줌 얼룩진 천장을 다 때려부숴야겠다고
5월의 햇살 아래 작약이 만발한 커튼으로
부서지는 얼굴을 덮고야 말겠다고

장미 축제

변심한 연인을 찌른 당신의 칼날에
장미가 문득 피어났다
칼날을 적시며
장미가 무더기로 피어났다

꽃잎이 닿는 순간
살도 뼈도 녹아내린다
무쇠 덩이도 토막이 난다

쓰러뜨린 얼룩말을 뜯어먹는
사자의 붉은 입처럼
장미는 점점 더 싱싱해진다
백 년이 지나도 시들지 않겠다는 듯

부드러운 혀로 도려낸 심장들이
담장에 매달려 너덜거리는 6월

갓 피어난 연인들은 뺨을 비비며
서로의 가시를 핥고

밤새 바람을 가르던 칼날 위로
변심한 장미가 빼곡하게 피어났다
어느새 칼날을 다 삼켜버린

핏빛 장미가 무더기로 피어났다 —

영화처럼

수면제를 한 움큼 입에 털어넣었다
몇 해 전 자살한 여배우가
스크린 속에서 오늘도
응급실에서 다시 깨어났다
우연히 들러 119를 불러주던 친구도
이젠 은퇴했겠지

그녀의 무덤 위 풀을
봄비가 다시 깨우고
공원묘지 끝
바다가 보이는 언덕
바다 쪽에서 불어온 바람이
몇 번 회오리치다
다시 바다 쪽으로 몰려가고

남녀 주인공이 서로 다른 방향에서 달려와
만나고 첫 고백을 하던
그리고 헤어져 떠나던
영화 속 그 가파른 언덕처럼

영화가 끝난 뒤
부스스 깨어나
저마다 다른 방향으로 흩어지던 관객들처럼

아무것도 부둥켜안지 않은 바람이
떠나며 쓰다듬는 가설무대

전생의 원판을 넣은 환등기처럼
햇빛이 한동안 무덤을 비추면
남녀 주인공이 또다시 달려나오고
그녀 손에 들린 꽃다발과 그의 모자 사이에서
한 무리의 새떼가 날아오르고

입술의 형식

거꾸로 매달려 말라가는 꽃과
꽃병 속에 발을 담근 채
서서히 곯아가는 꽃이
서로 마주보고 있다

목이 타들어가는 입술 속에서
촉촉이 젖은 주름투성이 입술이
열렸다가 다시 닫힌다

거꾸로 매달려 말라가는 것은
제 침묵의 형식을 지키려는 것

까마득한 봄을 그녀는
꽃잎 하나도 떨구지 않은 채
그대로 박제하는 중이다
목젖이 보일 때까지 흐드러지게 웃어본 장미가
꽃병 속에서 하루하루 발가락이 검어지는 동안
입술이 떨어져나가는 동안

아직 향기를 기억하는 바람 속에
꽃잎의 웅얼거림이 환청처럼 밀려오고 밀려가고

방부 처리된 시간을 한아름 안고

병상에 누운 그녀에게
막 피어나는 장미를 한 다발 들고 온 딸
죽은 꽃병을 비우고
차가운 물을 가득 채운다

입술의 지문은 나선형으로 구부러진
계단을 말없이 올라간다

달이 뒤집혔다

북가시나무 숲은 광택이 없다
톱니 박힌 검은 잎사귀들
갈라진 틈에 어둠 고여 있다

숱한 크레이터들
빙그르르 뒤로 감춘 무심한 얼굴로
숲을 바라본다

삼십구억 년 전 소행성과 충돌한 뒤
반 바퀴쯤 돌아버렸지
반대편 반들반들한 이마가
세상을 향하게 되었지

너를 향했던 내 왼쪽 볼에는
모래바람 더 세게 불어닥치고
미친 구름들 점점 캄캄해졌지
빗방울들 아우성치며 구덩이로 뛰어들고

움푹 팬 얼굴
오래전 세상에서 지워진 반쪽 얼굴
바람 부는 밤에는 바닥이 없지
어두운 현무암 구덩이
하얀 얼음판처럼 빛나는 사막이 되고

구름 속에서 달이 굴러떨어질 듯 출렁거리는 밤
달을 반 바퀴쯤 다시 뒤집는 것일까
깊은 주름 속에 북가시나무 숲을 키우는
여자가 천천히 고개를 돌리고

최후의 날

폼페이의 사형수는 독이 든 포도주를 마신 후
뜨거운 사우나에 들어갔다.
빠른 속도로 독이 온몸에 퍼졌다.
벽과 벽 사이로 뜨거운 물이 흐르던……
사교의 장소 혹은 사형의 장소

어제도 오늘도 내일도 룰루랄라
매일매일이 최초의 날이라네
목욕탕, 광장, 신전을 지나
고고학 박물관으로 이어지는 길

수천 년이 흐르는 동안
도시 밖에서 출렁이던 바다는
올리브와 사이프러스 무성한 육지가 되었는데
무너져내린 신전에 남아 있는
몇 안 되는 기둥들 아직도
새털구름 몇 장 떠받치고 있는데

몸이 사라진 자리
차가운 잿빛 석고로
다시 살아난 사람들
매일매일이 최후의 표정이라네

공중목욕탕 화려한 벽화 아래
오늘도 목욕하고 있는 사람들
매일매일이 최후의 몸이라네

한 시절을 온전히 보전하는 방법은
화산재로 덮어버리는 것
가슴 터져버린 한여름 어느 날에
내 시곗바늘은 녹아버렸네

밀랍의 세계

우린 더이상 뜨거워지면 안 돼
전신이 흐물흐물해지다
코도 귀도 사라지고
팔다리까지 다 녹아내려
서로의 문밖으로 한 발짝도 못 나가게 될 거야
눈에서 떨어지는 촛농에
발등이 벌겋게 부어올라
온종일 문 쪽만 바라보게 될 거야

두근거리는 가슴을 잠재우고 통증을 잠시 잊게 해주는
기도서의 모서리가 녹는 동안
종말이 멀지 않았다고,
홍건히 고인 슬픔도 돌같이 굳혀
종량제 봉투에 담아 암매장하면 된다고
부부젤라처럼 불어대는 소리들
귀를 틀어막으며 창밖을 내다본다

목이 부러지느니 차라리 녹아 없어질 거야
오늘은 손가락 두 마디를 더 녹여
창유리에라도 메모를 남기자
혈서처럼 유언처럼
암매장되는 일기장처럼

신을 본뜬 밀랍 인형에
끈적이며 녹아내리는 볼을 비벼댄다
점점 짧아지는 심지로
반쯤 뭉그러진 입술로
함께 녹아가는 손목을 밀봉한다

무음 시계

겉모양 화려한데 잉크가 나오지 않는 볼펜들
필통에서 한 자루 잡히는 대로 잡는다
너는 깨어날 것이다, 죽지 않을 것이다
글자가 써지면 너는 회생이다
겨우내 얼어 있던 연못이 봄이면 꽃나무를 받아쓰듯이

시계는 오늘도 소란하게 죽어간다
두 개의 바늘을 제 살에 꽂고
신음 소리, 째깍째깍
구름에 매달린 링거는 보이지 않아도
나날이 수액이 줄어들고, 수명이 줄어들고

시간이 마르는 소리에 잠 못 이루는 밤
혼자일수록 더 잘 들리는 시간의 들숨과 날숨
시간 너머로 시간을 보내도
시간의 검은 문은 어김없이 열리겠지
소리 없이 신음하는 자가
더 아프겠지, 피가 마르겠지

잉크가 마르고 있다
써지지 않는 볼펜을 꾹꾹 눌러쓴다
잉크 없이 쓰는 글자가
더 선명하다, 지워지지 않는다

기억 너머로 기억을 보내도
기억은 어김없이 돌아온다. 툭, 툭,
피어나는 봄꽃을 막을 수 있나

호스피스 병동의 창밖에도
살구꽃 앵두꽃 수수꽃다리
피 흘리며 째깍거린다, 소리 없이
봄이 마르는 소리

해피엔딩

그녀를 가질 수 없다면
작가를 죽여버리겠다는 주연배우처럼
이번에도 합격이 안 된다면
신을 죽여버리고 말겠다는 고시생처럼

너는 죽어가고 있어

바로 내일, 혹은
십 년 뒤
오십 년 뒤

나는 죽게 될 거야

사랑이 끝나는 날, 의심과 확신이 뒤섞인
얼룩무늬 질문이 닫히는 날
바다에서 구름에 가려진 섬을 바라보다
문득 상자가 열리는 날

그래도 연극은 계속돼야지
변검쇼도
배달 사고도
다중노출도

멈추면 안 돼
모자 대신 구두가 배달되고
비닐우산을 쓰고 휙 돌아보다 얼굴이 날아가고
노출부족 혹은 노출과다로
캄캄한 지문들이 뭉그러져버리는 동안

주연배우는 스스로 연애가 시들해졌고
작가는 죽었다 살아났다
신은 아직 죽지 못해
일기 대신 극본을 쓰기 시작한 청년의
속편을 쓰고 있다

오늘의 쇼는 해피엔딩
내세는 사전 예약 조기 매진
지구별은 살았던 적 없는 사람들로 북적거린다

축제

온종일 망고를 생각하다
머리끝에서부터 조금씩 불이 붙기 시작한 사람

발은 조금씩 차가워지고
냉기는 발목을 타고 위로 위로

불붙은 머리 속에서
눈동자만 얼음사탕처럼 빛난다

유리처럼 투명한 내화벽을 몸안에 세우고
불과 얼음은 서로를 노려본다

녹아 흐르는 내부
연기인지 수증기인지 모를 뿌연 풍경 속으로
노란 장화를 신고 걸어가는 너의 뒷모습이
어슴푸레,

망고!

얼레 줄은 이미 다 풀렸다

3부

얼음에도 숨구멍을 만든 건 누굴까

머리에서 가슴 사이

단두대에서 잘려나간 뒤에도
머리통의 두 눈은
육 초간 껌벅였다는데

귀는 가슴보다 오래 살아남아서
심장이 멎은 뒤에도 한동안
가족의 울음소리를 듣다 간다는데

퍼덕이는 가슴을 잠재우려
불타는 머리통을 두 팔로 감싸고 가는 이가 있다

가슴보다 커지는 구멍을 몸밖에 버리려다
눈만 한동안 껌벅이다 떠난 사람이 있다

누가 그 눈꺼풀 가만히 쓸어내릴까

심장이 멎은 뒤에도 입술은 두고두고
잘려나간 시간을 껌벅이며 되뇔 것이다

길이 식은 뒤에도 길의 기억은
문 닫은 카페 앞에 발길을 멈추고
슬픔의 맥박이 멈춘 뒤에도
귓속엔 먹먹한 돌멩이가 굴러다니고

눈 감아도 움푹 눈 뜨고 있는 어제의 웅덩이에 빠져
하늘은 깊어서 캄캄한가
오늘은 캄캄해서 아름다운가

머리통 속 흑백의 불덩이가
동쪽에서 서쪽으로 가로지르며
시간의 목에 칼금을 긋는 동안

가슴에 갇혀 퍼덕이는 날개가 있다

흘러내리는 벽

둥근 벽시계가 걸려 있는 벽은
아무도 모르게 한 눈금씩 등이 굽는다
꼬부랑 할머니가 TV를 본다
〈동물의 왕국〉에선
경쟁자를 물리친 수여우가 암여우에게 구애를 시작한다
한번 짝을 짓고 나면
수컷은 끝까지 새끼와 어미를 보호한다네
수여우는 먹이를 찾아
눈 쌓인 숲을 헤매고 있네 어려운 계절이야
바닥이 조금씩 패고
쭈글쭈글한 손으로 손주에게
밥을 떠먹이는 할머니
밥 속에는 잘게 부서진 돌멩이
잘게 부서진 못이 잡곡처럼 섞여 있다
아이가 달려가다 움푹 팬 바닥에
넘어진다 울음을 떠뜨리고
아이는 한 뼘씩 자란다
벽은 한 뼘 더 흘러내리고
할머니도 줄줄 흘러내린다
수여우는 암여우에게 가져다줄 들쥐를 잡기에 여념이 없고
할머니는 주어진 못을 다 삼킨 듯 눕는다, 벽에 걸린
시계가 끊임없이 바늘에 찔리면서도
둥근 얼굴을 펼치는 동안

암여우가 또 새끼를 낳는 동안
할머니는 팬 바닥으로 거의 다 스며들었다

눈 뜨고 다 털렸다

카페에서 옆에 앉은 여자의 치마 속을 찍는 남자가 있다 자기도 몰래, 바닷가에서 내내 숲을 찍는 사람이 있다 파도 몰래, 고백실에서 거짓 고백하는 신자의 가슴속을 찍는 하느님이 있다 신부 몰래,

너 자신도 잘 모르는 속, 속, 네 깊은 곳을 손바닥처럼 찍어 보여주마 내가 확인해주마 너도 몰래, 세상 아무도 몰래,

모래내를 지나 종점으로 버스에 덜컹거리며 돌아가던 그를 찍은 적이 있다 몰래, 어두운 차창에 기대어 하품하다 한숨 쉬다 고개 꺾고 졸던 그를 찍은 적이 있다 몰래, 꺾인 고개를 받쳐주지 못하고 그저 내 눈동자만 몰래몰래,

엑스레이처럼 흑백이다 흰 뼈마디 사이 움푹 팬 웅덩이가 있다 이어지던 길 콱 막히거나 아주 끊어져 있다 목백일홍 다 졌다 살도 날아가고 피도 마르고 어느새 모두 다 털렸다 눈 뜨고도 몰래몰래,

미발표작

다시 오면 너를 여기서 데리고 나갈게
약속하고 오지 않는 사내를 기다리는 창녀처럼
폴더 속에 갇혀
하루
한 달
한 해……

마지막 문장은 아직도 오지 않았다
영영
오지 않을지도 모른다

흑등고래

이따금 몸을 반 이상 물 밖으로 솟구친다
새끼를 낳으러
육천오백 킬로를 헤엄쳐온 어미 고래

물 밖에도 세상이 있다는 거
살아서 갈 수 없는 곳이라고
그곳이 없다는 건 아니라는 거
새끼도 언젠가 알게 되겠지

제 눈으로 제 등을 볼 순 없지만
그 흑등이 없다는 건 아니라는 거
그것도 더 크면 알게 되겠지

어미는 새끼에 젖을 물린 채 열대 바다를 헤엄친다
그런 걸 알게 될 때쯤 새끼는
극지의 얼음 바다를 홀로 헤엄치며
어쩌다 그런 이름으로 불리게 되었는지
묻지 않을 수도 있겠지

코고는 소리 윙윙거리는 소리 울음소리 신음 소리가 섞여
긴 노래가 되고

예언처럼 멀고 먼 주름투성이 바다

뻔하고 모호한
젖은 몸뚱이는

이따금 물 밖으로 힘껏 솟구친다
다른 세상을 흘낏 엿보면서
그렇게 숨을 쉬면서

칼집 넣은 빵

잠도 공중에서 잔다는
짝짓기도 허공중에서 한다는 칼새처럼

칼집은 너무 깊지도 얕지도 않게
재빨리 십자로 스윽

비명 새어나오지 않도록
어둠 속에서 혼자 발효되도록
차가운 방에 한동안 들어가 있어

포장을 벗어버린 생각들이
저희들끼리 밤새 치고받으며
절망이야 아니야
꼬집고 쓰다듬다 마침내
칼집을 부둥켜안고
반죽은 한껏 부풀어올랐네
다 놓아버리는 순간

칼새는 바람에 날려다니는 지푸라기를 모아 침과 섞어
집을 짓는다지

새살이 차올라 저절로 딱지를 떨굴 때처럼
빵껍질은 노릇노릇 구워졌네

몰라보게 깊고 넓어진 칼집들
어떤 건 키르케고르 입술 같고
어떤 건 화살표 같네, 뜨거운 오븐 너머
사랑은 변하고 환상은 깨어지며 비밀은 폭로된다*
칼새가 내 심장을 스치고 날아가네
빵냄새에 코를 박고
빵을 한입 가득 베어 무는 시간

* 키르케고르, 『죽음에 이르는 병』에서.

자루는 간다

다른 짐승의 가죽을 수십 벌
짊어지고 간다, 당나귀 등 위에서
남의 가죽이 출렁거린다
울렁거리던 살과 피를 다 쏟아버린 가죽
미처 떠나지 못한 영혼의 냄새가 주글주글
텅 빈 자루를 들어갔다 나왔다 한다
건너편에서 오는 사람과 뱃가죽이 닿을 듯
간신히 비켜가는 메디나의 좁은 미로
함께 울렁거린다, 숱한 자루를 뒤집어쓰고
물고 뜯고 울고 껴안던
안면을 완전히 몰수할 수 있을까
한때 어머니와 아들이었는지
어려서 부모 잃은 오누이였는지
염색 공장 염료통 안에서 엎치락뒤치락
등가죽을 맞대도 서로 알아보지 못하는 낯선 얼굴로
사지를 펼친 빨래처럼 벽에 못박힌다
비둘기 똥과 형형색색의 꽃잎들이 뒤섞인
시간의 가죽을 무두질하면
생피(生皮)는 핏기 싹 가신 피혁으로 환생한다

검은 가죽점퍼를 입은 그와 붉은 핸드백을 든 그녀가
둘둘 말아놓은 자루에서 나와
팔짱을 끼고 사라진다

소풍

문은 조용히 닫혀 있다
새집 같은 아파트 거실에서
한 사람은 신문을 읽고
또 한 사람은 TV를 본다
먼 곳에서 지금 막 도착한 듯
머지않아 어디론가 떠나려는 듯
소파 끝에 반쯤 엉덩이를 걸치고 앉은 남자
내뿜는 담배 연기에
여자의 얼굴이 조금씩 지워진다
야트막한 원탁을 사이에 두고
잔 꽃무늬 스탠드 불빛 아래
코가 닿을 듯한 두 사람
한 그림자는 왼쪽 모서리에서 목이 꺾여 있고
다른 그림자는 오른쪽 구석에 가슴이 접혀 있다
문은 여전히 닫혀 있다

일상이 제거된 일요일 저녁
뻐꾸기가 울고 있다
벽 위에서

구경거리

꽃을 피우겠다고 공중을 붙잡겠다고 절벽 위 발톱이 빠지도록 옹크린 나무 한 그루, 피 흘리고 있네 웃기고 있네

화산재 덮여오던 날에 바다를 향해 굳어버린 그 여자, 아기를 안은 채 한 손으로 밀려오는 불덩이를 막겠다고, 막을 수 있기나 한 것처럼 전신으로 아기를 감싸안고 쓰러진 그 여자, 지금도 바다 쪽으로 기어가

절벽 위 반쯤 쓰러진 나무, 뿌리가 뽑힌 줄도 모르고 아직도 어떤 잎들은 타오르게 하고, 어떤 잎들은 시들어가게 내버려두고, 비린 바람에 나부끼며

돌로 굳어버린 그 여자, 바로 눈앞에 파도 소리 듣는지 마는지 전생을 바람으로 빗질하고 있네 이미 오래전 식어버린 모자상이 된 줄도 모르고, 구멍 뚫린 구경거리가 된 줄도 모르고, 아직도 아기를 안고 바다로 가겠다고 가겠다고

비린내와 꽃향기의 계절, 한밤중 절벽에 매달려 타오르며 쓰러지며, 손가락질 받는 줄도 모르고 기어가는 여기는 어디쯤?

DMZ

너와 나 사이
금지된 땅이 있다

발목이 잘려나간 고라니가 절룩거리고
짐승 같은 꽃이 핀다
너와 나 사이
서로 부둥켜안은 유골이 묻혀 있다

눈 감고 앉아서도
수천 번 철책을 넘은 적 있다
폭풍 지뢰 너머
바람의 손을 잡고

너와 나 사이
분계선이 있다
한시도 내 너를 잊은 적 없다

바람을 알아보는 안목

빙하가 녹고 있어
꽃을 들고 서 있는 내 발밑이
곧 갈라질지도 몰라
바람은 언제부터 방향을 바꾸려
마음먹었던 걸까

짐을 든 사람들이
도착하자마자 떠나고 있어
꼭 내려야만 하는 정거장을 그냥 지나쳐
낯선 환승역까지 가버린 밤처럼
바람은 예측할 수 없지

어둠 너머 휘파람 소리
보이지 않아도
나를 잘 아는 바람이 지나가고 있지
뾰족한 돌밭 사이로
발목을 꺾으며 춤을 추지

꽃으로 붙잡으려 하지 마
눈물로 멈추려고도 하지 마
보이지 않는 곳에서
보이지 않는 곳을 향하여
쉬지 않고 떠나가고 있어, 바람에 업힌 시간도

나를 파고드는 바람처럼 발이 저리고 있어

얼음이 우는 밤
얼음에도 숨구멍을 만든 건 누굴까

바람의 속도로 춤을 춰도 바람을 품을 수 없고
시간보다 먼저 가 기다려도 시간을 잡을 순 없지
발밑이 갈라지는 소리를 이명처럼 들으며
그저 서로의 언 발목을 얼핏 알아볼 뿐

귀가

잘 다녀올게요
웃으며 떠난 아이 대신
영원히 마르지 않을 여행가방만 육백 일 지나 귀가한다
다녀올게
아침도 뜨는 둥 마는 둥 출근한 남편을
병원 응급실로 달려가 맞는다
바람 쐬러 주말여행 간다던 선배는
삼십 년 만의 폭설에 갇혀
임원 회의도 강풍에 날아가고
제주공항에서 노숙하는 중

계획대로 집으로 돌아오는 일
저녁 먹고 발 씻고 마감뉴스 보는
오늘이 어제 같고 내일이 오늘 같은
하품하다 눈물나는 날들
그러나

덜컥,
앞차와 뒤차가 팔중 추돌하고
배가 뒤집히고
활주로엔 폭설과 강풍이 분다
결항, 결함, 결석……

결코 오늘은 어제와 같지 않고
누군가에게 내일은 끝내 오지 않는 날
내 책상, 내 의자, 내 사람은 예고 없이
주인 잃은 얼굴을 하고

잘 다녀오겠습니다
또 만나요
일찍 준비할수록 연금 수령액이 커집니다
사랑합니다, 축하합니다
종신연금보험에 가입되셨습니다

오늘, 돌아갈 수 있을지

그, 그림자

눈보라가 쏟아졌어요 다시 비가 내리기 시작했지요 눈보
라였다가 빗물이었다가, 흠뻑 젖어 한참을 헤매다 높은 담
장을 만났지요 이상하리만치 높다란 담장 위에는 붉은 꽃이
가득 피어 있었어요 불타고 있었지요 담장 너머로 사람들
이 보였어요 그 높은 담장 너머가 어찌 그리 잘 보였던 걸까
요 수초처럼 흐느적거리는 사람들 사이, 한 여자는 자꾸만
어디가 아프다고, 어딘지 모르지만 아픈 곳이 꼭 있다고 가
슴을 문지르고 있었지요 키만 훌쩍 큰 한 아이는 한 손으로
제 코를 잡고 허우적대고 있었어요 물속에서 숨쉬는 방법을
배운 사람 있나요 물위를 걷던 사람도 있었나요 옆의 남자
는 자기 발밑만 뚫어져라 들여다보고 있었어요 그의 그림자
는 흔들리다간 우뚝 멈춰 서곤 하였지요 빗속에서도 눈보라
속에서도 선명하던 그림자들, 그곳은 아무리 젖어도 그림자
가 지워지지 않는 곳, 문득 그가 얼굴을 들어 나와 눈이 마
주쳤나 했는데, 그 순간 나는 후루룩 빨려간 듯했지요 캄캄
한 눈을 뜨니 나도 담장 안에 있었어요 도저히 내 키론 뛰어
넘을 수 없는 높은 담장, 안에서 보니 담장 위의 꽃은 모두
가 가시였어요 피로 꽃을 피운 가시울타리 속, 언제부턴가
사람들은 노래를 부르고 있었어요 알 듯 알 듯 끝까지 제목
이 생각나지 않는 노래, 웅얼웅얼 한참을 따라 부르다 울다
지쳐 얼굴을 들어보니 나만 홀로 담장 밖에 서 있었지요 어
디선가 갑자기 바람 한 줄기 불어왔어요 하늘도 땅도 경계
가 지워진 채 캄캄하게 뻥 뚫린 벌판, 아무리 까치발을 해

도 담장 안이 보이지 않았어요 노랫소리도 들리지 않았어요 ―
다시 그 울타리 안으로 들어가게 해달라고 소리쳤지만 아무
도 답하지 않았어요

　바람 속을 한참 홀로 걸었어요 어쩌다 구름 걷히고 햇살
이 빛나는 길, 한결 짙어진 그림자만 내려다보고 걷는 길,
누가 얼핏 다녀갔는지 내 그림자가 가시에 찔린 듯 잠시 꿈
틀했어요

네모의 효능

지하의 네모 속으로 밀려들어간 사람들
꼬깃꼬깃한 귀에는 이어폰을 꽂고
각자 일인용 네모 속으로 들어간다
눈그늘이 짙은 얼굴들, 희미한 미소 속에
발을 밟혀도 옆구리를 찔려도
네모 밖으로 뛰쳐나오지 않는다
네모 속에서 하트를 날리거나 손가락을 치켜세운다
혼자만의 밀실을 개방한 적은 없지만
어느 틈에 이웃인 양 스며들어온 유령들
백만짜리터져서, 내여자가매일나만보는, 물건먼저받아보시고
결정하세요, 제목 없는 초대장을 좌르륵 펼쳐 보인다
삭제 버튼을 눌러도 쉴새없이 파고드는
얼굴 없는 입술들, 발 없는 발자국들
손바닥만한 네모 안에서 천둥이 치거나 별이 떨어진다
눈동자들이 출렁거리는 밤바다를 배경으로
왈칵, 울음 터뜨릴 듯한 얼굴이
꼭 닮은 얼굴을 마주보며 덜컹거리는 검은 창문
검은 밀실에서 인양되지 못한 눈동자는
명멸하는 네모 속에 셀 수 없는 물음표를 심는다
답을 찾지 못한 너와 나의 통점은
빛의 속도로 만나고 싶어
만화경 독방 속에서 각자 썩어간다

신도림(新桃林)! 다음은 신도림!
네모의 출구를 향한 네 심장이
붉은 화살표처럼 깜빡거려도
문은 언제든 너를 배신할 수 있다, 지하에서
환하게 불 켠 지하로 이어지는
다음은 환생역이다

점박이광대

이따금 뒤집혀 허공을 긁는다. 검은 바탕에 흰 점이 있는 놈도, 붉은 바탕에 검은 점이 있는 놈도 찔레 덤불 속을 헤 맨다. 간신히 가시를 피한 날은 스스로 가시가 된다. 날카로 운 이를 먹이 속에 찔러넣고 속을 꺼내 먹는다. 속이 텅 빈 껍질을 통째로 삼키기도 한다. 어둠 속 풍등처럼 날고 싶은 밤, 몸안에 불덩어리를 품고 바람 따라 날고 싶은 밤이면, 낮 동안 먹힌 것들이 죽은듯 엎드려 있다가 깨어나곤 한다. 점박이광대벌레는 그것들을 하나씩 꺼내 되새김질을 한다. 먹이들 중에는 방금 짝짓기를 한 놈, 막 알을 깐 놈, 제 어미 를 몰라보고 다른 어미 꽁무니를 무작정 따라가던 놈, 건드 리면 바로 울음이 터질 듯한 놈도 있었다. 햇빛 아래선 보이 지 않던 먹이 위의 얼룩들이 문질러도 지워지지 않는다. 그 들의 얼룩 위에 되비친 자신의 얼룩이 물에 젖은 고백처럼 짙게 도드라진다. 주름 깊숙이 숨어든 얼룩은 절대 끄집어 낼 수가 없다. 얼룩들이 거느린 비바람과 그림자들 또한 뱃 속에 켜켜이 쟁여져 있다.

번개 치는 밤, 혼자 있으면 늘 속이 더부룩했다. 막다른 꿈길 녹슨 철문 앞에선 등이 결리기도 했다. 내일은 굶어야 겠다고 발목의 흉터를 세며 다짐을 했지만, 날이 밝으면 어 김없이 또 먹이를 찾아 가시나무 덤불 속을 헤집고 다녔다.

아직 손금이 여물지 않은 아이가 벌레를 잡아 제 손등에 자꾸만 올려놓는다. 뒤집어놓다가, 하품을 하다가, 머리카락 같은 벌레 다리를 하나씩 떼어내다가, 바닥에 나동그라진 놈을 발로 뭉개버리고 집으로 향한다. 신의 모습으로 만들어진 아이도 팔다리가 떨어져나간 적 있는지 이따금 절룩거린다. 비가 와도, 비가 오지 않아도, 어두워지면 집으로 간다. 아직 떠나지 못한 벌레들이 천년만년 울어대는 어느 날이다.

귀중품

못에 걸린 가족사진과 부모 영정
너덜너덜한 편지 몇 통과 수첩
아직 포장을 뜯지 않은 내복 한 벌 등등
이십 리터 종량제봉투 하나도 다 채우지 못한다

김 할아버지의 보온밥통에는
아직도 따뜻한 밥이
반 통쯤 남아 있다
그리고
냉장고에는 시어빠진 물김치 한 통

허물어진 뒤에도 한동안
따뜻한 허물
아니면
물김치처럼 차디찬

유품,
정리업체 직원은
'귀중품'이라 적힌 박스에
쓰레기봉투를 집어넣는다

보폭

　집을 나와 찻길 쪽으로 10걸음을 가면 전봇대가 있고 거기서 오른쪽으로 꺾어 16걸음을 가면 파출소가 있고 거기서 왼쪽으로 14걸음을 가면 24시간 편의점이 있었다 월요일에도 그랬고 목요일에도 그랬다 금요일에도 나는 눈감고 걸었다 찻길 쪽으로 10걸음을 가니 전봇대가 없고 오른쪽으로 꺾어 16걸음을 가니 파출소가 없고 거기서 왼쪽으로 14걸음을 가니 편의점이 없었다 내 다리가 밤새 짧아졌나……다시 시작했다 집을 나와 찻길 쪽으로 11걸음을 가니 전봇대가 있고…… 18걸음을 가니 파출소가 있고…… 15걸음을 가니 편의점이 있었다 나는 운이 좋은 사람 융통성이 있는 사람, 그러나 어제의 전봇대 어제의 파출소 어제의 편의점은 없었다

　나는 안심했다 그리고

4부

이빨이 있어도 배가 고픈 애인들이

얼굴처럼 얼굴이

꿈결에 다리를 쭉 뻗으면
내 엄지발가락이 얼굴에 닿는다
재채기를 참으며 나는
벽장 속으로 숨는다

입을 막아도
내장과 뼈마디가 보인다
얼굴은 퇴로가 없는 발가락처럼
열 갈래로 꿈틀거리고

나는 문을 벌컥 열고 들여다보다가
아무것도 꺼낼 게 없다는 얼굴로
다시 문을 닫고 돌아선다

목에서 가장 멀리 달아난 요요
얼굴은 무소속입니까, 운이 좋으면
밟히지 않을 수도 있겠지만

하품을 하다 기지개를 켜면
손끝에 젖은 얼굴이 닿는다

지척에 지천인 얼굴들
발에 채는 얼굴들

목과 진통제를 떠난 얼굴들 　　　　　　　　—

홀로그램

달려와 헐떡이며 나를 포옹할 때
너는 실재처럼 느껴져
아니, 돌아서 입술을 씰룩이며 욕을 내뱉을 때
더 실재처럼 보여

돌을 던지면 잠잠히 흘러내리고
꽃다발을 안기면 시궁창 냄새를 풍길 때가
너는 가장 리얼하지
가장 사랑스럽지

자꾸 다정하게 웃지 마
사탕 바구니를 든 핼러윈의 유령처럼,
사랑에 빠지기 쉬운 이 지루한 환절기

하루에도 몇 번씩 내리다 그치는 빗줄기에선
맥주 냄새가 난다고,
너 또 취했구나
거울 속에 도취했구나

취하지 않곤 건널 수 없는 강을 건너는 사람처럼
아프지 않곤 잠들 수 없는 또 하루가 저물고
꿈길에선 오늘도 뜬눈이 뻑뻑하겠구나

땀을 뻘뻘 흘리며 이삿짐을 정리할 때
망치로 못을 박으며 제 손가락을 내려칠 때
액자 속에 액자를 걸고
깨진 거울 속에서도 코를 골며 잠들 때

너는 잠시 영롱하게 펼쳐지지
머지않아 다시 접힐지라도

벌레구멍

과거로부터 온 나비가
내 이마에 살풋 앉는 아침
고요한 미열이 있다

두 개의 번개가 동시에 머리 위로 떨어져
사과를 꿰뚫는 구멍이 날 때
보이지 않던 것이 얼핏 보일 때

말랑거리며 머릿속을 관통하는 벌레가 있다
꿰뚫려도 통증을 모르는
피 흘려도 눈을 감지 않는

시간과 공간의 벽을 뚫으며

기차가 달려간다
울지 마라 울지 마라
사과가 끊임없이 꿈틀거려도
변하지 않는 건 변하지 않는 것

내가 백 년 달아나는 동안
네겐 한 계절이 흘렀다 해도

변하는 건 변하는 것

죽는 건
죽어서도 다시 날아오르는 것
갈 수 있는 끝에서 끝까지
존재하지 않는
터널을 뚫는 것,
아무도 노래하며 지나가지 않는다 해도

튜링 테스트(Turing test)

내 눈동자 속으로 한참 걸어들어온 뒤
눈을 심하게 깜빡이던 아수라백작은
내 목덜미를 쿵쿵거리다 조금 뜯어간다

네 피는 얼마나 소란한가
보고야 말겠다고
차가운 살점을 뜯어 현미경을 들이대지만

이쪽 바다 고기들은
자연 미끼를 잘 안 물지
지금껏 인조 미끼만 물어왔으니까

야생꿀, 토종꿀, 백년초꿀
모두 진품만 특별 판매합니다
가짜를 먹고도 불끈불끈하는 가짜들
죽어도 죽지 않는 그들이 오리지널 진품이라고

더없이 평범한 아빠 미소의 이웃집 아저씨가
토막 살인자로 밝혀지는 마감 뉴스가 끝나도
잠은 밤새 토막을 치고

오른쪽 다리를 차이면
왼쪽 뺨으로 걸어가는 로봇이 나오는 그 광고도

일요일마다 신물이 올라온다

인공 눈물과 카페인을 섞어 마신 까닭일까
커피는 오늘도 뇌를 속이고
술을 더 마시거나 아니면 차를 몰고 바다를 건너겠다고

나는 네가 필요 없어
모두 달을 모자처럼 쓰고 다니는
세상을 처음부터 다시 만들 거야
아수라 백작은

몇 번을 읽어도 아무런 도움이 되지 않는
마음 사용 설명서들만 찾아 읽는다

느슨한 기계

특별히 내진 설계된 다리가 두번째와 세번째 갈비뼈 사이에 걸려 있네. 세찬 물결과 자욱한 안개가 윤곽을 흐리는 저녁, 심장 위에 먹구름 떠 있네. 눈물 반 바가지 끼얹고 가네. 현수교 오늘따라 많이 흔들리네. 세포와 세포 사이, 여기저기 셀 수 없는 구멍들 파란 눈을 부릅뜨고 있네. 지켜보고 있네. 뜨거운 바람 불어와 낯선 갈망이 울창해지는 날, 언제 닥칠지 몰라 늘 깨어 있으라. 신랑을 기다리는 처녀들처럼 등잔을 밝혀들고 잠 못 이루네. 애태우며 가까워지다 어느 틈에 멀어지는 오늘과 내일 사이 예고 없이 도깨비가 출몰하는 날, 언제 악성으로 바뀔지 모르는 혹을 정수리에 매달고 강 건너로 돌진하는 날, 구석에서 졸던 토끼가 초록 귀를 출렁이며 뛰어 달아나네. 기억과 망각 사이 흥분한 붉은 점박이 여우가 제 꼬리를 물고 뱅뱅 도네. 형광색 전조등은 뚜우뚜우 내 전두엽 속으로 숨차게 신호를 보내고, 좌뇌와 우뇌 사이 느슨하던 뇌량의 케이블이 팽팽해지네. 생의 빈터가 일순 빽빽해지네.

다시 세포 사이가 느슨해지는 날, 축 늘어진 현수교를 건너며 줄무늬 도깨비를 기다린다, 나도 모르게.

클라우드 빌(Cloud Ville)

아침이면 안경과 마스크를 쓰고 가방을 메고 계단을 내려 간다. 중간쯤 내려가다보면 왼팔이 보이지 않는다. 없어진 팔을 찾아 계단을 다시 올라간다. 한구석에 나뒹굴고 있는 왼팔을 찾아 어깨에 끼우고 다시 내려가기 시작한다. 몇 계 단 내려가다보면 마스크가 보이지 않는다. 다시 뒤돌아 계 단을 오르기 시작한다. 툭 치면 날아갈 듯 난간에 걸린 얼굴 을 찾아 쓰고 또 내려가기 시작한다. 일층까지 거의 다 내려 왔는데 상반신이 어디로 날아갔다. 황급히 뒤돌아 다시 계 단을 오르기 시작한다. 어디 갔나. 나는 어디 갔나. 나의 반 은 아직 땅을 딛고 싶지 않다는 건가. 언제까지나 공중에 둥 둥 떠다니고 싶은 건가. 내 윗집에도 또 그 윗집에도 땅에 발 을 딛지 않는 사람들, 허공에 갇혀 두부 같은 허공을 한 모 두 모 파먹으며 연명하는 사람들, 키보드를 두드리다 사람 냄새가 그리우면 TV 플러그를 귀에 꽂고 주말드라마를 보 는 사람들, 속이 공중으로 가득차 헛배가 부른 날은 전화로 진흙 피자를 한 판 주문하기도 하면서.

〈색증시공〉*에 나올 그녀

어둠 속에서 더 잘 보였다나
아래턱에 발광박테리아를 키우는
철갑둥어가 되어

사흘 후 그녀가 다시 살아왔다는데

몸 절반의 무늬와 색깔을 바꾸며
수컷이 되어 암컷을 유인하던

변신의 귀재
온몸을 가시로 덮고
식용이 되지 않던 물고기

그녀가 죽었다는데

막 유행이 끝나가는
검은 시스루 블라우스를 입고

반짝이는 냄비를 머리에 뒤집어써도
네 속이 빤히 보여!
텅 빈 게 곧 터질 듯해!

산 채로 천천히 삶아진 갑오징어처럼

뱃속 가득 먹물을 그대로 품고

그녀가 아흔여덟번째 죽었다는데

히말라야처럼 숨가쁘고 어지럽고
아름다운 만큼 무서운 이 노천 무대

잘못 날아든 말벌이
밤새
붕붕거리고

죽었다 살아 온
그녀의 노래를 들었다는데

말벌도 그녀도 보이지 않고
무대도 객석도 없는 넓은 공터에는
빗방울만 뚝뚝

시커먼 나뭇가지 사이
비 맞은 짐승 같은
젖은 손이
흘낏,
내 아흔아홉번째 목덜미를

딥 페이스(Deep Face)

검은 심해로 내려가
당신의 세포 한 조각 채취해야 해
잘못 건드려 큰 살점 떨어질라
나는 늘 흐물흐물하게 움직여

당신 갈비뼈 아래 가장 깊숙이 숨어 있는
그 한 조각을 꼭 집어올려야 해
피 묻지 않은 당신 한 조각을 위해
차라리 내가 피를 흘려야겠어

해저 육천 미터 깊은 바다
비바람도 햇살도 닿지 않는 그곳
눈먼 심해어들이 스스로를 밝히는 그곳

기쁨과 분노와 슬픔이 섞여 울퉁불퉁한 미소를 피워내기
도 하는 심해

아직 아무도 본 적 없는 당신의 뒷모습을
혼자 있을 때만 피어나는 그 미소를
긁히지 않게 밝히기 위해
내 뭉툭한 손가락은 오늘도 거스러미를 잘라내고

얼음사탕

연기도 그을음도 없이 녹아버리는 것, 얼음이 아니면 불일 수 없는 것, 사탕 공장을 좀 우회하면 더 나은 사탕이 생길지도 모르지, 사탕만 만들 수 있다면, 아니, 사탕이고 뭐고 이대로 콱…… 사탕, 사탕, 사탕, 너무나 오랫동안 사탕에 목매달고 있었던 거야

벽에 부딪혀 신음하는 소리, 바닥에 떨어져 깨지는 소리, 사탕은 모두 뇌관을 가진 폭탄이었지 탕, 탕, 탕, 고함과 비명소리, 사탕을 서로 차지하려고 아귀다툼하는 소리, 끈적이는 유효기간이 지나면 우리는 자꾸 긁적거리고 참을 수 없는 하품, 누구도 사탕을 다시는 먹지 않으려 하지, 우리가 먹은 사탕은 사탕이 아니었어, 아니 우리가 원한 사탕을 찾아냈어, 사탕을 통해 사탕을 버리는 거야, 우리는 끝내 사탕을 이해할 수 없을 거야, 우리 중 누가 먼저 사탕을 콱 깨물어버렸던 걸까

도망자

눈이 없어도 코가 깨지지 않고
이빨이 없어도 배가 불렀을까

오억오백만 년 전
아늑한 물의 방 속
피카이아*처럼
아가미로 산소를 마시며
작은 촉수로 먹이를 찾아 헤매기만 했더라면

몸길이 이 인치의 벌레로 살며
포식자로부터 더 빨리 도망치기 위해
척추동물로 진화하지 않았더라면

내일로 내일로 또 내일로
끊임없이 도망중인
슬픔들, 전대미문의
부가 기능을 뽐내는
전쟁들 평화들 애인들

못 누려 목마르고, 누리면
더 목마르고 배고픈 눈길들에
수시로 발목 걸려 허리 부러지지 않았을 것

눈이 있어도 코가 깨지고
이빨이 있어도 배가 고픈 애인들이
문자를 톡톡 날리며
묵은 대화 목록을 삭제하며
광속으로
달아나고 있다
끊임없이 진화중인 블랙홀 속으로

* 인류의 시조라 여겨지는 척삭동물.

화살의 시간

강변에서 연을 날리다 돌아왔다
영화를 보며 팝콘을 두 봉지나 먹어치웠고
하품을 하다가 쓸쓸한 얼굴로
어깨의 비듬을 털었다
먼지는 먼지로
바람은 바람으로

달의 뒷면에서 누가 손전등을 비춘다
밤 연못가에서 개구리가 울고 있다
개굴개굴, M은 가장 뜨거운 별
개굴개굴, P는 가장 뾰족뾰족한 별
가장 짧게 빛나다 사라져버린 그 별의 이름은?

나는 차갑지도 뜨겁지도 않아
하늘이 뱉어버린 별
천상에서 지상에서 날아오는 화살을 피해
강변으로 영화 속으로 추억 속으로
요리조리 뛰어다니고 있다

화살 박힌 자리에 또 화살,
그 위에 또 화살이 꽂히고 있다
방패연처럼
인간의 가슴은 큰 구멍이었어야 했다

푸른 장미

잘린 발목을 염료에 담그고
얼마나 서 있었나
타고난 빛깔을 버리는 동안
가시들이 팔다리를 찔러댔다
금세 꽃자루를 늘어뜨렸다
꽃병 속 아스피린은 녹아가고

미간에 잔뜩 낀 구름은 불그스름하다
자줏빛 남방과 함께 세탁된
흰 블라우스의 얼굴처럼
들끓는 얼룩들
산소 같은 세탁은 불가능한가요?

고급 호텔 방마다
—담배 한 개비 주실래요?
벨을 누르던 여고 동창생
불문과를 나온 교장 선생님 딸이
제 빛깔에 쫓기다
한밤중 내 방문을 두드린다
검푸른 밤공기가 혈관을 물들이는 11월

전두엽에도 푸른 물감이 든 것일까
같은 곡조를 계속 흥얼거리다

116

녹슨 철대문 앞에 가면 가사를 잊어버린다
돌아가는 길을 찾지 못한다

발목이 잘린 장미들
아스피린이 금세 떨어지곤 한다

연고자

파와 마늘의 기억
반쯤 익히다 만
피가 흐르는 고기의 기억

냄새가 강한 것끼리
다투고 있다, 몸속에서
서로를 뭉그러뜨리고 있다

잠시 함께 살다 사라지는
향기와 악취, 아득한 강변의
시체공시소에 진열된 무연고자의 시신처럼
그 곁에 어쩌다 잘못 배달된 꽃바구니처럼

가르마 반듯하게 빗겨진 머리칼
화장을 하고 두 손 단정히 모은 자세로
염습을 기다리듯 나도 눕는다

한 여인의 화장 지운 얼굴을 아는 자
보자마자 멀리서도 달려와 포옹했던 자
파와 마늘
덜 익힌 고기를 나누어 먹던 자

먹을 때의 향기와

먹고 난 뒤의 악취
함께 뱃멀미를 하며
강을 건너던 시간이 있다

위험한 분실물

도서관 사물함에
혹은 체육관 로커에 떨어뜨린
메모 쪽지들
누군가 집어 갔는지
쓰레기통에 버려졌는지
알 수 없다, 언제쯤 부글거리며 부풀어올라
폭발물로 변할지
나를 폭로할지

정오의 그림자나 오후 네시 먼지구름의 연락처
여러 번 바뀌었거나 이미 없어진 전화번호가 적힌
쪽지들, 아기 오줌 자국처럼 누래진 얼굴로
휘어진 속눈썹을 붙이고 있는지
밀폐된 기억 속에서 지금도 껌벅이며
잠긴 문을 면벽하고 있는지

이따금 누가 뾰족한 키를 들이밀고 돌리는 듯
머리와 가슴이 빠개질 때가 있다

어둠 속에 폐지처럼 누워 있던
구겨진 악보가 털고 일어나 다카포*를 누르는 시간
새삼 제가 갇혀 있음을 깨달은 새처럼 푸드덕거리며
까마득히 잊힌 노래를 토해내려는 듯

요동치는 날개가 있다
제 소리를 잃어버린 건반을 두드리는 손가락이 있다
나는 아직 살아 있다
더 많은 것을 잃기 위해

* D.C.(Da Capo): 곡의 맨 처음으로 가서 다시 연주하라는 표시.

변덕스러운 수프

펄럭펄럭
심장이 끓고 있다

새의 눈동자, 바람의 손짓, 강바닥을 뒤척이던 돌멩이의
물이끼까지, 이끼 속 벼락 무늬까지

노숙자의 침, 옥상에서 뛰어내리던 소년의 눈물, 포클레
인 운전자의 땀, 우울증 환자의 정액, 신부님의 오줌 그 마
지막 한 방울까지

만주로 도망갔던 증조부와 스물아홉에 죽은 연극배우 이
모와 사기꾼 날강도와 토막살인범까지

그 밤길을 앞장서던 달무리와 충혈된 눈을 찌르던 새벽
별까지

다 썩고 썩어
함께 섞인
우주 수프 한 냄비
깔깔대며, 한숨 쉬며, 이를 갈며
부글부글 끓던

알록달록 찌꺼기까지

가만가만 잠재운
수십억 년 묵은 수프

어떤 손이 한 국자 푹 퍼내
틀에 붓는다
태지를 뒤집어쓴 주름투성이
신생아가 눈을 꼭 감은 채 울어댄다

한평생 또다시
얼었다 녹았다
벌겋게 부은 발등 위로 펄펄 끓어넘칠

124

특이점의 몽타주, 들끓는 타자

조재룡(문학평론가)

다중의 시선, 다가성의 화면

정채원의 시는 규정되지 않는다는 점에서 특이하다. 규정되지 않는다는 것은 시가 '틀'을 벗어나 있다는 뜻이기도 하지만 해석의 괄호를 자주 지워낸다는 점에서도 그렇다고 해야 할지 모른다. 점묘(點描)와 모형(母型) 등이 주를 이루어 '게슈탈트'라고 우리가 부를 무엇을 구현하는 과정을 여실히 보여주며 시집은 문자와 문자, 문장과 문장, 단락과 단락들이 끊임없이 서로를 잇고 덧대면서 폭발하듯, 그러니까 예기치 않게 형성되는 조직-구성-짜임을 읽는 곳으로 우리를 안내한다. 지워진 괄호의 틈새로 강렬한 이끌림이 자리하는 것은, 행과 행, 연과 연, 시와 시 사이에 연결된 끈이 존재하나, 그 선이 실상, 실선이 아닌 점선의 형태를 띠고 있기 때문이다. 시집의 어휘와 통사는 어김없이 굽어 있다. 시인은 이 곡선들을 재고, 헤아리고, 숙고한 끝에, 하나의 지점에서 다른 지점으로 더듬거리듯, 경쾌하고도 진지하게 전진을 꾀한다. 손끝에서 흘려보낸 문장 하나, 또 단어 하나가, 모이고 헤어지고 뭉치고 결별하는 일련의 작용을 통해, 점(點)의 그물망처럼 촘촘히 짜인 거대한 파노라마 하나를 펼쳐낸다. 정채원의 시에서 파노라마를 마주하는 순간은 우리가 한 걸음 뒤로 물러나게 되는 순간이기도 하다. 우리 앞에 윤곽이 펼쳐지는 것이 바로 이 순간이기 때문이며, 그제야 우리는 전체에 시선을 빼앗길 뿐이다. 시에는 이렇게 이

음매가 없다. 대신, 겹겹이 포개진다. 시는 다중(多重)의 시
선으로 촉발되는 다가성(多價性)의 화면과도 같다.

변심한 연인을 찌른 당신의 칼날에
장미가 문득 피어났다
칼날을 적시며
장미가 무더기로 피어났다

꽃잎이 닿는 순간
살도 뼈도 녹아내린다
무쇠 덩이도 토막이 난다

쓰러뜨린 얼룩말을 뜯어먹는
사자의 붉은 입처럼
장미는 점점 더 싱싱해진다
백 년이 지나도 시들지 않겠다는 듯

부드러운 혀로 도려낸 심장들이
담장에 매달려 너덜거리는 6월

갓 피어난 연인들은 뺨을 비비며
서로의 가시를 핥고

밤새 바람을 가르던 칼날 위로
　　변심한 장미가 빼곡하게 피어났다
　　어느새 칼날을 다 삼켜버린
　　핏빛 장미가 무더기로 피어났다

　　　　　　　　　　　　　　　　　　—「장미 축제」전문

　　"변심한 연인을 찌른" 칼날에 묻어 영롱히 흐르는 피는 그
색이 붉고, 또 잠시 고여 매끄러운 저 금속 결을 타고 아래로
뚝뚝 떨어진다. 투명한 칼날에 흘러 번져난 피의 이미지가
연상에 힘입어 붉은 장미 잎을 백지 위로 불러낸다. "장미
가 무더기로 피어났"다는 것은 축제를 즐기러 온 수많은 사
람들이 겪었던 숱한 경험에 대한 유추일 수 있으며, 이미지
가 삼키고 뱉어낸, 모종의 사연을 집약한 서술일 수도 있다.
비교적 순조로운 연상과 유추는 그러나 여기까지다. 더이상
연상과 유추의 괄호는 채워지지 않는다. 문제는 이 붉은 꽃
잎이, 언제건, 무엇이건, 제 색으로 물들일 줄 안다는 데 있
다. 그러나 우리는 이를 이미지의 단순한 확장이라고 말할
수는 없다. 차라리 그것은 일종의 포갬, 정확히 말해, 포개
어 깨트림, 그러니까 유추-유사-연상-시간-공간-추체험
등, 흐름에 따라 자연스럽게 노정되는 저 이음매의 틀 자체
를 전복시키고야 마는 특이점이 창출되는 순간에 가깝다고
말해야 한다. 장미(대상)-피(본질)-얼룩(형태)은 텔레비전
화면으로 들어가 "얼룩말을 뜯어먹"은 "붉은 사자의 입"과

포개어지는가 하면, 세월과 시간을 무지르며, 과거인지 현재인지 또 미래인지 모호한 상태에서 "너덜거리는 6월"의 어느 날로 달려가, 한번 더 "담장" 위로 오롯이 펼쳐져 "부드러운 혀로 도려낸 심장들"을 돌연 피워내며 눈부시게 전이한다. 담장에 빼곡하게 피어난 장미가 "뺨을 비비며/ 서로의 가시를 핥고" 있는 "갓 피어난 연인들"과 재차 포개어진다. 이미지의 포개짐은 이렇게 "핏빛 장미가 무더기로 피어났다"에 이르러, 대상—본질—형태의 근본적인 전이를 실현하며 화들짝 절정을 맞이한다. 환유는 일부를 쥐고 행과 행, 연과 연 사이로 재빠르게 이동하면서 상상력의 극치를 보여주지만, 오히려 중심을 이루는 대상—본질—형태의 근본적인 전이는 전적으로 이 갑작스러운 포갬, 그러니까 몽타주의 구성 방식에 달려 있다. 몽타주는 유추의 결과를 보여주는 데 만족하는 것이 아니라, '피 묻은 칼날'—'붉은 장미'—'붉은 사자의 입'—'부드러운 혀로 도려낸 심장'의 예기치 않은 충돌을 견인해내면서, 각각의 대상—본질—형태에서, 존재하지 않았던 부가적이고 창조적인 의미망을 그려보이는 데 일조한다. 시를 한 편 더 읽는다.

수면제를 한 움큼 입에 털어넣었다
몇 해 전 자살한 여배우가
스크린 속에서 오늘도
응급실에서 다시 깨어났다

우연히 들러 119를 불러주던 친구도
이젠 은퇴했겠지

그녀의 무덤 위 풀을
봄비가 다시 깨우고
공원묘지 끝
바다가 보이는 언덕
바다 쪽에서 불어온 바람이
몇 번 회오리치다
다시 바다 쪽으로 몰려가고

남녀 주인공이 서로 다른 방향에서 달려와
만나고 첫 고백을 하던
그리고 헤어져 떠나던
영화 속 그 가파른 언덕처럼

영화가 끝난 뒤
부스스 깨어나
저마다 다른 방향으로 흩어지던 관객들처럼

아무것도 부둥켜안지 않은 바람이
떠나며 쓰다듬는 가설무대

전생의 원판을 넣은 환등기처럼
햇빛이 한동안 무덤을 비추면
남녀 주인공이 또다시 달려나오고
그녀 손에 들린 꽃다발과 그의 모자 사이에서
한 무리의 새떼가 날아오르고

　　　　　　　　　　　　　—「영화처럼」 전문

　"수면제를 한 움큼 입에 털어넣었다"는 자살한 여배우가
그런 것인지, 그것이 화자의 행동인지 정확히 구분되지 않
는 상태에서 시에 첫 문장으로 주어진다. "공원묘지 끝/ 바
다가 보이는 언덕"에 위치한 "그녀의 무덤"은 현재 시점의
서술이며, "영화 속 그 가파른 언덕"과 포개지면서 모종의
충돌을 빚어낸다. "영화가 끝난 뒤/ 부스스 깨어나/ 저마다
다른 방향으로 흩어지는 관객들"의 시선이 아직 머물고 있
는 "가설무대"가 여기에 추가되면, 시는 이상한 물결에 몸
을 맡겨 출렁이고, 날개를 달고 하늘로 날아가기 시작한다.
영화 속에서 살아 연기를 하는 여배우, 그러나 현재에서는
자살한 여배우를 과거 어느 시점에서 화자가 이 여배우가
출연한 영화의 장면을 지금-현실의 눈으로 바라본다는 설
정으로도 첫 연의 미스터리는 풀리지 않는다. 몽타주를 충
돌시키듯 구현된 서로 상이한 시간의 포개어짐, 인과성을
결여한 행위들이나 이질적인 장면의 이접(離接)은 정채원
의 시에서 좀처럼 일어날 수 없는 일들, 존재할 수 없거나

존재하지만 설명할 수 없는 것들, 시각으로는 볼 수 없지만 볼 수 있는 가능성에 노출된 것들이, 단단히 묶여 있던 제 확실성의 사슬에서 풀려나오는 커다란 단초를 이룬다. 바로 이러한 방식으로 "전생의 원판을 넣은 환등기"가 지금-여기에 켜지고, 그러고 나면, 거기서 "남녀 주인공이 또다시 달려나"오고 "한 무리의 새떼가 날아오"르기 시작하는 것이다. 일련의 행위는 따라서 현재의 행위인지, 사실에 부합하는 묘사인지, 혹은 상상을 기록한 결과인지, 그 구분 자체가 모호한데, 오히려 중요성은 여기에 있다. 바로 이와 같은 이상한 체험, 기이하고도 낯선 경험을 시적 실천의 반열에 올리면서 폭발하듯 몽타주의 특이점이 발생하기 때문이다.

포갬-깨어짐, 특이점의 몽타주

정채원의 시에서 대립적 몽타주의 충돌로 파생된 대상-본질-현상의 전이나 전(前)-미래적인 사건의 실현은 초현실적인 세계에로의 시적 구현이라기보다 오히려 '버추얼적인 것'*의 제시, 혹은 그것의 실천-실현이거나 모호성-애매

---

* 'virtual'의 번역어. 'virtual'은 '잠재적', 즉 지금까지 현실화되지 않은 무엇이나 현실화될 수 있는 가능성을 머금고 있는 무엇과 '가상적', 즉 현실에는 존재하지 않지만 컴퓨터상에서 구축된 무엇 등을 의미한다. '버추얼적'-'버추얼화'-'버추얼성'은 맥락에 따라 '잠재적' 혹은 '가상적'이라는 의미로, 간혹 이 둘의 의미를 동시에 함축한다.

성을 통해 가닿는 미지의 언저리, 그것의 기록에 오히려 가깝다. 다시 말해, 그것은, 이룰 수 있었으나 이루지 못했던 무언가가 백지에 기록되는 일이며 "끊임없이 진화중인 블랙홀 속"(「도망자」)에서 머물고 있던 것들을 호출하는 방식이자, 지각과 망각 사이 어느 지점에 고여 있던 애매한 신경의 촉수들을 현실의 화면에 구겨넣어 들여다보는 도구이며 "기쁨과 분노와 슬픔이 섞여 울퉁불퉁한 미소를 피워내기도 하는 심해"(「딥 페이스(Deep Face)」)로 잠수를 하거나, 현재 서술에서 갑자기 튀어나온 화면 하나를 비끄러매 "구불구불한 유년을 기어오르는 계단" 저 위 과거로 달려가, 저기와 여기, 과거와 현재를 이접하듯 붙잡아 죽기 직전에 솟아나는 아우라와 같은 파편의 "신음 소리"를 "망치질"(「방진막」)의 공명처럼 기록하는 일을 가능하게 해주는 근본적인 수단이자, "단두대에서 잘려나간" "머리통의 두 눈"이 잠시 "껌벅"이는 저 "육 초"간 순간의 사정을, 이 머리에 달린 귀가 가족의 울음 듣고 간다는 현실-나의 이야기와 충돌시켜 "시간의 목에 칼금을 긋는 동안"(「머리에서 가슴 사이」)을 마치 플래시백처럼 포착하고, 드러내며, 기록의 반열에 오르게 할 가능성을 타진해나가는 누빔 점과도 같은 것이다. "두 개의 번개가 동시에 머리 위로 떨어"지듯, 이질적인 것을 서로 포갠 말들로 명멸하듯 번져나가는 기이한 사태를 받아내고 "보이지 않던 것이 얼핏 보일 때"까지 부지런히 "시간과 공간의 벽을 뚫"(「벌레구멍」)으려 하는 행위

와도 같다고 할까? 정채원에게 몽타주는 유사한 이미지들
을 연결하는 단순한 기법이 아니라, 상상력과 주관성이 개
입한 틈새를 열어 보여, 구현할 수 없는 것들을 구현하고,
이룰 수 없다고 여겼던 것들을 실천의 반열에 오르게끔 경
이로운 입을 달아주는 데 바쳐진다.

> 잠도 공중에서 잔다는
> 짝짓기도 허공중에서 한다는 칼새처럼
>
> 칼집은 너무 깊지도 얕지도 않게
> 재빨리 십자로 스윽
>
> 비명 새어나오지 않도록
> 어둠 속에서 혼자 발효되도록
> 차가운 방에 한동안 들어가 있어
>
> 포장을 벗어버린 생각들이
> 저희들끼리 밤새 치고받으며
> 절망이야 아니야
> 꼬집고 쓰다듬다 마침내
> 칼집을 부둥켜안고
> 반죽은 한껏 부풀어올랐네
> 다 놓아버리는 순간

칼새는 바람에 날려다니는 지푸라기를 모아 침과 섞어
집을 짓는다지

새살이 차올라 저절로 딱지를 떨굴 때처럼
빵껍질은 노릇노릇 구워졌네
몰라보게 깊고 넓어진 칼집들
어떤 건 키르케고르 입술 같고
어떤 건 화살표 같네, 뜨거운 오븐 너머
사랑은 변하고 환상은 깨어지며 비밀은 폭로된다
칼새가 내 심장을 스치고 날아가네
빵냄새에 코를 박고
빵을 한입 가득 베어 무는 시간

—「칼집 넣은 빵」 전문

'칼새'와 '칼집'은 '칼'이라는 음성적 유사성을 제외하면
공통점이 없다. '칼새'는 허공을 날고 '칼집'은 '반죽' 어디
쯤, 윗부분에 새겨진다. 각각 지상에서, 대상에서, '떠' 있
다. '떠 있다'에서 칼새와 칼집이 서로를 마주할 연결점, 바
로 그 희미한 점선이 생겨난다. 반죽에 칼집을 내는 작업은
칼새가 공중에서 짝짓기하는 모양새와 절묘하게 포개어진
다. 칼새와 칼집이 "너무 깊지도 얕지도 않게/ 재빨리 십자
로 스윽"과 같은 행위를 이접해내는 동시에 낯선 방식으로

공유하면서, 말의 경제성이 시에서 경쾌한 리듬을 만들어내기 시작한다. 칼집을 낸 빵 반죽은 발효될 때까지 냉장고에 넣어둘 모양이다. 발효될 때까지 반죽은 숙성되기를 기다릴 것이다. 반죽에는 포장이 없다. 반죽은 "포장을 벗어버린 생각들"을 가지고 서로 치고받고 토론을 하며, 제 고민을 한 움큼씩 털어놓는다. 고유한 성분의 변화를 거쳐 발효에 이르려면 반죽은 화학작용을 필요로 한다. 이것이 반죽의 입자들에게는 "절망"일 수도 있다. 갑론을박이 있은 후("꼬집고 쓰다듬다 마침내") 시간이 흐르니, 입자들은 서로 하나가 될 운명을 거부할 수 없는 처지에 이른다. 자기들 몸에 새겨진 저 표식, 그 칼집을 새긴 채("칼집을 부둥켜안고") 한덩어리가 되어 냉장고 안에서 차츰 부풀어오른다. 화자의 이인칭 명령 투로 냉장고에 들어가게 된 반죽은 고민을 주고받다가 이어 고백체로 변주되면서, 화자와 삼투하는 일에 착수한다. 이렇게 "다 놓아버리는 순간"에 이르러 우리는 앞서 기술되었던 칼집 난 반죽이 발효를 기다리며 갖게 된 고민과 고통과 절망과 울음 저 안으로 시인이 어느새 들어가 있다는 사실을 알게 된다. "다 놓아버리는 순간" 이후, 다시 화자는 칼새가 "지푸라기를 모아 침과 섞어 집을 짓는다지"라고 이어받아 방백 투로 말한다. 칼집을 새긴 반죽이 익어 빵이 되려면 이제 오븐에 들어가야 한다. 그리고 얼마 후, 잘 구워진 빵이 완성되었다. 빵에는 "키르케고르 입술" 같은 죽음에 이르는 병과 같은 흔적들이 새겨 있

으며, 구워지며 벌어진 칼집의 깊이와 너비는 배가된 동시
에 거기에는 "칼새가 내 심장을 스치고 날아가"는 순간이
시간-공간-기억을 이상하고도 기이한 공존 상태로 머금으
면서 각인되어 있다.

거꾸로 매달려 말라가는 꽃과
꽃병 속에 발을 담근 채
서서히 곯아가는 꽃이
서로 마주보고 있다

목이 타들어가는 입술 속에서
촉촉이 젖은 주름투성이 입술이
열렸다가 다시 닫힌다

거꾸로 매달려 말라가는 것은
제 침묵의 형식을 지키려는 것

까마득한 봄을 그녀는
꽃잎 하나도 떨구지 않은 채
그대로 박제하는 중이다
목젖이 보일 때까지 흐드러지게 웃어본 장미가
꽃병 속에서 하루하루 발가락이 검어지는 동안
입술이 떨어져나가는 동안

아직 향기를 기억하는 바람 속에
꽃잎의 웅얼거림이 환청처럼 밀려오고 밀려가고

방부 처리된 시간을 한아름 안고
병상에 누운 그녀에게
막 피어나는 장미를 한 다발 들고 온 딸
죽은 꽃병을 비우고
차가운 물을 가득 채운다

입술의 지문은 나선형으로 구부러진
계단을 말없이 올라간다
                              ―「입술의 형식」 전문

시계는 오늘도 소란하게 죽어간다
두 개의 바늘을 제 살에 꽂고
신음 소리, 째깍째깍
구름에 매달린 링거는 보이지 않아도
나날이 수액이 줄어들고, 수명이 줄어들고

시간이 마르는 소리에 잠 못 이루는 밤
혼자일수록 더 잘 들리는 시간의 들숨과 날숨
시간 너머로 시간을 보내도

시간의 검은 문은 어김없이 열리겠지
소리 없이 신음하는 자가
더 아프겠지, 피가 마르겠지

잉크가 마르고 있다
써지지 않는 볼펜을 꾹꾹 눌러쓴다
잉크 없이 쓰는 글자가
더 선명하다, 지워지지 않는다
기억 너머로 기억을 보내도
기억은 어김없이 돌아온다. 툭, 툭,
피어나는 봄꽃을 막을 수 있나
　　　　　　　　　　　　—「무음 시계」부분

　정채원의 시는 바로 이런 방식으로 "셀 수 없는 정지화
면"이 겹겹이 "모여 한 생애가 되는"(「스틸」) 순간들을 팽
팽한 긴장의 사건으로 그려내며 "평범한 그 안에서/ 비범
한 그를 포착하는 순간"(「달아나는 자화상」)을 한껏 그러
쥐고, "절룩거리면서도 빠른 템포"의 말들을 부려 "긍정과
부정 사이를 오"(「파라다이스 리조트」)가며, 삶의 고비마
다 망설임 없이 엎질러지면서, 죽음과 삶에서 마모된 형태
의 기억들을 불러모은다. 자명한 구분은 여기서 금이 가기
시작한다. 침묵과 발화, 죽음과 삶, 타자와 자아, 과거와 현
재 등을 가지런히 나누어 가로막는 방벽에 구멍이 나고, 규

정될 수 없는 것들, 정의될 수 없는 것들, 과거-현재-미래
에 공존하는 나를 타자들의 들끓는 외침으로 받아낸 언어
의 행렬들이 이 틈새를 메우면서, 대상과 주체, 꿈과 현실,
의식과 무의식의 경계를 지워내거나 양자를 봉합해낸 자리
에 새로이 탄생하는 변이들을 맞이한다. 시인은 "잡고 놓지
않는 문……" 그러니까 서서히 줄여나가는 말[文]의 고안
을 통해 "잡고 놓아주지 않는 질문"을 담아내며 "쉽게 답할
수 없는/ 질문을 자꾸 던"(「불구」)지는 일을 멈추지 않는다.
서로 맞물려 있는 것들, 나란히 마주하며 팽팽한 긴장 속에
놓인 것들, 가령 거꾸로 "매달려 말라가는 꽃"과 "꽃병 속
에 발을 담근"(「입술의 형식」) 꽃들은 터질 듯 팽팽하게 대
립한다. 굳게 다문 아래 윗입술의 좀처럼 열리지 않을 저 요
철의 일선(一線)도 굳건한 침묵과 그 긴장 외에는 실상 무엇
도 기대할 수 없다. 시인은 극명한 긴장의 상태에서 팽배해
진 대립적 이미지를 서로 충돌시켜, 죽음과 사투를 벌이는
절체절명의 아슬아슬한 순간, 발화의 영역으로 포섭되지 못
했지만, 굳게 다문 두 입술을 열고서 했을 수도 있었을 말들
("목이 타들어가는 입술 속에서/ 촉촉이 젖은 주름투성이
입술이/ 열렸다가 다시 닫힌다"), 오로지 전미래의 형태로
만 실현될 침묵과 그 안에 흐르고 있을 버추얼적인 언사를
현실로 흘러나오게 하는 순간까지 밀어붙이며, 마술적 환등
을 투사한 듯 빼어나게 언어를 부린다. "침묵의 형식"이 병
상의 환자가 말을 하고 싶으나 그러지 못하는 절박한 상황

에 대한 묘사라는 것을 우리가 알게 되는 순간은 "목젖이 보일 때까지 흐드러지게 웃어본 장미가/ 꽃병 속에서 하루하루 발가락이 검어지는 동안"이 병상의 환자에게 임박한 죽음의 순간이라는 사실을 알게 되는 순간이기도 하다. 하지 못한 말은 굳게 닫힌 입술을 뚫고 "나선형으로 구부러진/ 계단을 말없이 올라"가고, 이렇게 "입술의 지문"이 백지 위에 제 인장을 찍는다. "침묵의 형식"은 "환청처럼 밀려오고 밀려가"는 "꽃잎의 웅얼거림", 그러니까 죽음에 임박해서 마지막으로 토해내는 신음과도 같다. 정채원은 "써지지 않는 볼펜"으로 "침묵의 형식"을 필사하며, 죽음 앞에서 "매일매일이 최후의 몸"인 그 순간을 붙잡아 죽음을 정지시킨다. 최후의 순간, 그 모습이 고스란히 박제된 채 "차가운 잿빛 석고로/ 다시 살아난 사람들"(「최후의 날」), "매일매일이 최후의 표정"을 짓고 있는 폼페이의 저 사자(死者)들은 죽음을 정지시킨 것인지도 모른다. 죽음이 정지되는 순간, 폭발할 것과 같은 긴장이 크로키처럼 포착된 순간, "시곗바늘"을 녹여버리는 순간을 시인은 지금-여기서 직시하고 적시한다. 죽음을 박제하듯 보존하는 최후의 순간들은 "진공 상태로 납작하게 구겨진 채 남아 있"는 "압축 보관"(「압축 보관」)되는 순간이며, 서술의 전진을 가로막는 대립적 몽타주를 통해 트여오는 예기치 못한 변이가 실패와 비극, 죽음을 사건처럼 체현해낸다.

— **일상이 사건이 되는 순간들**

정채원의 시는 난해성에 복무하지 않는다. 일상적인 말들을 일상적이지 않은 방식으로 부릴 뿐이다. 일상의 장면들을 날것 그대로 붙여놓은 콜라주도 충돌적인 몽타주가 쏘아올린 특이점의 창출에 일조한다.

십 년간 부은 적금을 타고, 세 배로 뛴 주식을 어깨에서 팔고, 은행 융자를 낀 22평형 아파트 잔금을 치르고, 내일부터 칠과 도배를 주문해놓고 귀가중, K는 교통사고를 당했다.

생후 십오 일 된 S는 선천성 심장판막증.

구십이 넘은 노모는 천식이 있어도 잘 견뎌왔는데 메르스를 이기진 못했다.

T는 삼수 끝에 S대에 합격했다. 재수 시절 술도 배우지 못한 그는 신입생 환영회에서 기도가 막혀버렸다.

기도는 종종 막힌다. 기도가 모자라기 때문이다. 화살기도로는 뚫지 못한다. 아무런 응답이 없다. 한 번 꽝 닫히면 그만인 문이다. 다신 열리지 않는다. 그만?

이따금 뒤집혀 허공을 긁는다. 검은 바탕에 흰 점이 있
는 놈도, 붉은 바탕에 검은 점이 있는 놈도 쩔레 덤불 속을
헤맨다. 간신히 가시를 피한 날은 스스로 가시가 된다. 날
카로운 이를 먹이 속에 쩔러넣고 속을 꺼내 먹는다. 속이
텅 빈 껍질을 통째로 삼키기도 한다. 어둠 속 풍등처럼 날
고 싶은 밤, 몸안에 불덩어리를 품고 바람 따라 날고 싶은
밤이면, 낮 동안 먹힌 것들이 죽은듯 엎드려 있다가 깨어
나곤 한다. 점박이광대벌레는 그것들을 하나씩 꺼내 되새
김질을 한다. 먹이들 중에는 방금 짝짓기를 한 놈, 막 알을
깐 놈, 제 어미를 몰라보고 다른 어미 꽁무니를 무작정 따
라가던 놈, 건드리면 바로 울음이 터질 듯한 놈도 있었다.

—「점박이광대」부분

신문기사나 곤충에 대한 보고서에 등장할 법한 기술은 현
실의 어느 장면을 그대로 잘라 붙여놓은 콜라주와 닮았다.
불의의 교통사고를 당한 자, 회복할 수 없는 질병의 급습에
희생될 처지에 놓여 있는 자, 운좋게 합격한 대학의 환영회
에서 들이킨 술로 "기도가 막혀버"리는 불의의 사고를 당한
자에 대한 보고(報告)가 최소한의 정보를 제공하며, 마치
오려 붙여놓은 듯 시의 서두에 배치되었다. 비극은 물기를
제거한 채, 열거되며, 사실적으로 기술된다. "기도"(氣道)

가 막히고, "기도"(企圖)가 별반 소용이 없다. 온갖 종류의 "기도"(祈禱)는 이렇게 차단된다. 목구멍도 막히고, 방책의 시도는 별반 소용이 없으며, 간절히 신에게 올리는 기도는 봉쇄된다. 현실은, 현실의 비극은, 이 셋을 모두 무색하게 만들어버릴 정도로 강력하다. 기도는 구원을 청한다는 점에서 비극에 눈을 감거나 회피하는 기만이기도 하다. '기도'는 이중-삼중으로 제 의미를 변환하면서, 달리 말할 수 없음, 급시의 상태에 대한 통고, 그러니까 '기가 막히다'라거나 '기가 차다'라고 우리가 말할 때의 그것처럼, 말로는 표현할 수 없고, 소모되기에 재현해서도 안 되는, 비극성을 압축적으로 담아내는 효율적이고도 경제적인 낱말이다. 비극적 사건은 울음마저 거두어들이는 재주가 있다. "한 번 꽝 닫히면 그만인 문" "다시 열리지 않는" "문"이 이미-벌써 닫혔기 때문이다. "그만?"은 여지나 의심이지만, 이 의심은, 봉쇄된 것이나 마찬가지의 상태에서 결구로만 주어지며 여운을 남길 뿐이다. 사실적으로 어떤 벌레의 묘사에서 착수하는 「점박이광대」도 대상의 성격과 추이의 보고서를 콜라주한 형식을 취한다. 사실적으로 묘사된 '벌레'는 "아직 손금이 여물지 않은 아이"와 포개어지며, 그 순간 원관념은 서서히 주위로 퍼져나가는 것이 아니라 충돌의 이미지를 순간에 빚어낸다. 겹침은 물감처럼 무언가를 흩뜨리며 환유처럼 번져나가는 것이 아니라 일시에 어느 순간을 붙들어매며 정지시킨다. "뒤집어놓다가, 하품을 하다가, 벌레 다리를 하

나썩 떼어내"는 일에 열중한 "절룩거"리는 아이와 "이따
금 뒤집혀 허공을 긁는" "벌레"가 이렇게 충돌할 때, 원-이
미지는 단박에 블랙홀 속으로 빠져들어가며, "신의 모습으
로 만들어진" 모든 피조물들의 불완전성과 고통이 폭발하
듯 솟구쳐오른다.

　　지하의 네모 속으로 밀려들어간 사람들
　　꼬깃꼬깃한 귀에는 이어폰을 꽂고
　　각자 일인용 네모 속으로 들어간다
　　눈그늘이 짙은 얼굴들, 희미한 미소 속에
　　발을 밟혀도 옆구리를 찔려도
　　네모 밖으로 뛰쳐나오지 않는다
　　네모 속에서 하트를 날리거나 손가락을 치켜세운다
　　혼자만의 밀실을 개방한 적은 없지만
　　어느 틈에 이웃인 양 스며들어온 유령들
　　백만짜리터져서, 내여자가매일나만보는, 물건먼저받아
보시고
　　결정하세요, 제목 없는 초대장을 좌르륵 펼쳐 보인다
　　삭제 버튼을 눌러도 쉴새없이 파고드는
　　얼굴 없는 입술들, 발 없는 발자국들
　　손바닥만한 네모 안에서 천둥이 치거나 별이 떨어진다
　　눈동자들이 출렁거리는 밤바다를 배경으로
　　왈칵, 울음 터뜨릴 듯한 얼굴이

꼭 닮은 얼굴을 마주보며 덜컹거리는 검은 창문
검은 밀실에서 인양되지 못한 눈동자는
명멸하는 네모 속에 셀 수 없는 물음표를 심는다
답을 찾지 못한 너와 나의 통점은
빛의 속도로 만나고 싶어
만화경 독방 속에서 각자 썩어간다
신도림(新桃林)! 다음은 신도림!
네모의 출구를 향한 네 심장이
붉은 화살표처럼 깜빡거려도
문은 언제든 너를 배신할 수 있다, 지하에서
환하게 불 켠 지하로 이어지는
다음은 환생역이다
　　　　　　　　　　　　　　　　—「네모의 효능」 전문

　네모난 전철에 몸을 싣고, 네모난 핸드폰을 열고, 그 안
의 네모난 액정을 들여다보고 있다. 밀실 속의 밀실 속의 밀
실과 같은 곳에 눈동자가 가닿는다. 흡사 "만화경 독방" 같
은 풍경이다. "백만짜리터져서, 내여자가매일나만보는, 물
건먼저받아보시고"는 핸드폰 화면을 그대로 콜라주하듯 붙
여놓은 것이다. 이모티콘이나 광고 메시지 등 "삭제 버튼을
눌러도 쉴새없이 파고드는/ 얼굴 없는 입술들, 발 없는 발자
국들"이 저 네모난 액정화면 안에 바글거린다. 생-삶이 통
째로, 켜켜이 네모에 담긴다. 네모에서 시선을 떼고 주위를

둘러보아도, 다시 네모, 그러니까 "꼭 닮은 얼굴을 마주보며 덜컹거리는 검은 창문"을 만날 뿐이다. 네모는 겹겹이, 켜켜이 중층을 이룬다. 커다란 네모 속의 조금 더 작은 네모 속의 손아귀에 쥐고 있는 조금 더 작은 네모 속의 저 네모난 화면, 바로 이 "검은 밀실에서 인양되지 못한 눈동자"를 떨구며 우리는 "명멸하는 네모 속에 셀 수 없는 물음표"를 심고 있다. 현실의 생생한 장면들, 사실적인 모습들, 일상의 일면들이 고스란히 시에 담긴다. 어느 역에서 내려 밖으로 안내하는 화살표를 충실히 쫓아 네모의 출구를 향하는 마음 뒤로, 문을 잘못 열어 추락하는 이미지가 충돌하듯 번져나가면서, 지하에서 지하로 이어지며 깜빡거리는 죽음의 불빛을 밝힌다.

한쪽 눈이 말을 안 들어 깜빡, 오른쪽 귀가 못을 씹었어 깜빡, 내 이름이 생각이 안 나 깜빡, 너를 찾아가는 길을 잊었어 깜빡, 두개골을 씻을 수 없어 깜빡, 자꾸만 흘려 깜빡, 자꾸만 떨어뜨려 너를 깜빡, 끓어오르며 타오르며 깜빡, 사과술 냄새를 풍기며 비틀거리며 깜빡, 익어가며 썩어가며 깜빡, 칼을 씹었어 깜빡, 삼키지도 못해 깜빡, 입술 사이로 가슴 위로 흘러내려 깜빡, 가슴을 씻을 수 없어 깜빡, 적셔 나를 적셔 깜빡, 푹 잠겨버렸어 깜빡, 숨이 뻣뻣해져 깜빡, 너를 부러뜨리지도 못해 깜빡, 왼쪽으로 꺾지도 못해 깜빡,

신호등 없는 교차로에서
　　신호위반하는 사람들
　　정지하지 못해 유턴도 못해
　　제 가슴에 제 머리를 박고
　　효수된 얼굴들 빨간불처럼 매달고
　　깜빡, 깜빡, 깜빡,

　　　　　　　　　　　　　　　　—「신호」 전문

　시는 "깜빡" 자체의 세계를 "깜빡"이 실현하는 과정을 여실히 보여준다. 점묘(點描)와 모형(母型)의 게토는 물론 "깜빡"이다. 반복되었지만 "깜빡"은 매번 다른 '가치'를 갖는다. 주체와 대상, 행위와 사실은 "깜빡"을 중심으로 형성되고 재편된다. "깜빡"은 작동하지 않는 신체의 행위("한쪽 눈이 말을 안 들어 깜빡")나 과거 행위를 잊은 사실에 대한 적시("내 이름이 생각이 안 나 깜빡") 등등 매번 변화무쌍하게 제 가치를 달리한다. "깜빡"은 특정한 현실이나 행동, 신체 기관의 현상을 설명하기 위한 단순한 낱말에 불과한 것이 아니라, 주체-대상-행위-사실을 형성하고 정의하면서 게슈탈트처럼 한 편의 시를 주조한다. 마지막의 "깜빡, 깜빡, 깜빡,"은 사물(가령, 신호등)의 현상이나 무언가를 망각하는 사람들과 그 습관에 국한되는 것이 아니라, 모든 것들을 머금고 또한 예기치 못한 사태를 사건처럼 폭발시키는 시작점

과도 같다. 시는 이 결구에서 다시 착수되는 것일 수 있다.

폭포 위로 외계인이 착륙하는 날
꼬리뼈에 꼬리가 다시 자라나는 날
태양이 지구를 도는 날
이런 날들을 기다린다

(……)

무럭무럭 자라난 꽃대
내 심장을 뚫고
불쑥 솟아난
팔다리, 내 것이 아닌
내 것이 아닌 것도 아닌

허우적거리는 붉은 혀
펄럭이는 침묵들 사이

—「슬픈 숙주」부분

언제쯤 나는 바닥에 닿을 수 있나
언제쯤 어혈을 풀 수 있나 나는
언제쯤 나를 다 쓸 수 있나

밥을 먹을 때도
동사무소에 갈 때도
잠을 잘 때도
나는 끝없이 계단을 구르고 있지
그가 눈을 떼지 못하고 있지
문을 닫지 못하고 있지

—「끝없는 계단」부분

죽는 건
죽어서도 다시 날아오르는 것
갈 수 있는 끝에서 끝까지
존재하지 않는
터널을 뚫는 것,
아무도 노래하며 지나가지 않는다 해도

—「벌레구멍」부분

　내 안의 아우성, 불현듯 튀어나오는 타자들의 목소리를 들
으려 하는 것은, 보이지 않는 것들을 보려는 것과도 같으며,
말할 수 없는 것을 말하려는 것과 같고, 들을 수 없는 것을
들으려는 것과도 같다. 이것은 과연 무엇인가? 파악할 수 없
는 것들, 그러나 있을 것이라 믿어지는 것들에, 막힌 말들,
뭉친 말들의 저 "어혈"(語血)을 풀며 "의심과 확신이 뒤섞
인/ 얼룩무늬 질문이 닫히는 날"(「해피엔딩」)까지 그 윤곽

을 잡아가는 행위이다. 시간도, 과거도, 현재도, 미래도, 삶도, 아니 삶 이전이나 저 이후도, 기억도, 현재의 걸음걸이도, 내 앞에 놓여진 대상도, 내가 비춰보는 거울도, 그 거울 속의 타자도, 내 걸음도, 내 걸음의 보폭도, 보폭이 뒤로 지워내는 건물들이나 그 크기도, 앞서 달려오는 시야도, 뒤로 지워지며 나타나는 잔상도 마찬가지다. "살아서 갈 수 없는 곳이라고/ 그곳이 없다는 건 아니라는"(「혹등고래」) 것처럼, 확실하다고 여겨졌던 것들도, 모두 그 반대편에 속한다고 여겨졌던 것들, 그러니까 항용 불확실하다고 여겨지거나 그 통념에 가려 볼 수 없다고 여겨졌던 것들, 그렇게 존재 자체가, 현상 자체가, 사유 자체가 불확실하다 여겨졌던 것들도, 달리 보면 확실한 것과의 경계가 명확한 것은 아니며, 차라리 "살아 움직이는 끔찍한 부호"(「사해」)의 얼굴을 하고, 삶에서, 혹은 죽음에서, 이 둘이 교차하며, "때로는 당신 같고 때로는 나 같은 그들, 늘 지루한 그들, 바보 같은 그들, 서로 너무 닮아 가짜가 진짜이고 진짜가 가짜인 그들"(「지루한 미트볼」)이 펼쳐내는 희비극의 극장에서 홀로그램처럼 모습을 드러내기도 한다. 정채원의 시는 몽타주를 통해서, 이접을 통해서, 콜라주를 통해서, 혹은 절묘한 알레고리를 통해서, 시점의 다각화를 통해서, 타자들의 장면들을 연출하고, 확실성의 저편에 선 것들, 그것들의 힘으로, 타자의 움터오는 목소리를 "허우적거리는 붉은 혀"로, 주관성 가득한 언어로 기록한다. 그의 시에는 형이상이나 추상이 얼썬거리지 않으며, 사변으로 궁굴리는 초현실에 복무하는 난해함 자체가 발을 디딜 틈이 마련되어 있지 않다.

정채원의 시는 시점을 달리하여 "여름에는 내 피로 너를 만들"고, "겨울에는 뼛가루로 너를 만들"면서 결락과 틈새의 언어를 축적하며, 자신-타자-세계의 위치를 바꾸면서 몸과 마음의 난해한 방정식을 풀어나가고, 시간을 끌어당기거나 휘게 하거나 주관의 편으로 서게 하여 스스로 물음을 찾아 나서는 말을 고구한다. "길 잃은 사막에서 쓰러지기 직전 나타나는/ 신기루 속의 신기루"처럼 기억을 포개거나 꿈을 필사하는 그의 시에는 "달려가 잡으면 가시풀 한줌으로 흩어지는/ 너"(「파타 모르가나」)와 죽음의 풍경과 풍경이, 삶의 장면과 장면을 겹치거나 포개어놓으며 쾌락과 공포가 선사하는 눈부신 대칭이, 공존하거나 공멸하거나 생성되거나 사라지는 것들이 하나로 어울리면서 실현되는, "펄럭이는 침묵들 사이"저 들끓는 타자들이 바글거린다.

마지막 문장은 아직도 오지 않았다
영영
오지 않을지도 모른다

—「미발표작」 부분

화면 밖에서 과거-현재의 장면을 동시적으로 바라보는 시야와 그 시야에서 가뭇거리다 이내 사라지듯, 이접되어 출

현하는 미지의 두 거처를 열고 이 두 공간-장소에서 시인
은 "한결 짙어진 그림자만 내려다보고 걷는 길"(「그, 그림
자」), 저 고문을 당하는 긴박한 상태를 불현듯 불러낼 뿐이
다. 그것은 어쩌면 기록될 수 없는 성질을 지닌 것인지도 모
르겠다. 꿈은 차라리, 여기서, 산산이 부서진다. 이 악몽에
는 주인이 없다.

정채원 1996년『문학사상』을 통해 등단했다. 시집으로 『나의 키로 건너는 강』『슬픈 갈릴레이의 마을』『일교차로 만든 집』이 있다.

문학동네시인선 126
제 눈으로 제 등을 볼 순 없지만
ⓒ 정채원 2019

1판 1쇄 2019년 8월 30일
1판 2쇄 2020년 12월 4일

지은이 | 정채원
펴낸이 | 염현숙
책임편집 | 김봉곤
편집 | 김봉곤 김영수 김민정
디자인 | 수류산방(樹流山房) 본문 디자인 | 유현아
마케팅 | 정민호 박보람 우상욱 안남영
홍보 | 김희숙 김상만 지문희 김현지 이소정 이미희
제작 | 강신은 김동욱 임현식
제작처 | 영신사

펴낸곳 | (주)문학동네
출판등록 | 1993년 10월 22일 제406-2003-000045호
주소 | 10881 경기도 파주시 회동길 210
전자우편 | editor@munhak.com
대표전화 | 031) 955-8888 팩스 | 031) 955-8855
문의전화 | 031) 955-3576(마케팅), 031) 955-1920(편집)
문학동네카페 | http://cafe.naver.com/mhdn
북클럽문학동네 | http://bookclubmunhak.com

ISBN 978-89-546-5715-0 03810

www.munhak.com

문학동네